コールド・ファイル

警視庁刑事部資料課・比留間怜子

角川文庫
22744

目次

深夜に降り始めた雪は、朝になってもまだ降り続いていた。

ガラス窓の向こうのウッドデッキで、アラスカン・マラミュートの仔犬《こいぬ》が千切れんばかりに尻尾《しっぽ》を振っている。

散歩用のリードを持ってデッキに出ると、背後のキッチンから、ホストマザーのヨーコの声が追いかけて来た。

「朝食は一時間あとよ。遅れないでね!」

片手を上げて笑顔を返し、仔犬にハーネスを付けて雪道に出る。

散歩コースはいつも同じだ。

生後2ヶ月の仔犬といっても、ジャンの体重はすでに20キロは超えている。

雪に足を取られないように慎重に歩きながら、リードを持つ手に力をこめた。

この毎朝の習慣は、ここに来たふた月前から変わってはいない。

道の両側に広がる雪原には、大小のロッジが点々と建ち並んでいる。

夜半から明け方にかけてはオーロラの出現を待つ東洋人の観光客で賑《にぎ》わうが、早朝はほとんど人の姿は見られない。

少し遠くに、夏季は川になる雪氷の上を疾走する犬ぞりが見えた。ロッジがまばらになると、雪を被《かぶ》ったホワイトスプルースの巨木が近付いてくる。聞こえるのは、ベニヒワやコガラの鳴き声と、ジャンの息遣いだ。

遊歩道から脇道に逸《そ》れ、お気に入りの切り株に腰を下ろす。おとなしく傍に座り込むジャンの頭を撫《な》で、ダウンコートのポケットから封書を取り出した。

十日前に届いて何度も読み返した文章は全て暗記してしまっている。けれど、その文字にはまだ書き手の温《ぬく》もりがあるようで、首元のマフラーとともに今は何よりの宝物だ。

右肩上がりの四角い文字。

『二十歳の誕生日おめでとう。アラスカの森に一緒に行きたかった。空を仰いで雪原を歩く君の姿を想像している。許されないかもしれないけれど、今はただ、君に会いたい』

文字を追い終えて、その目を巨木の上に広がる白い空に向けた。

空の広さは変わらない。

見上げる地上がどこであろうと。

約束の時間を守り、走り足りない様子のジャンと戻ると、ヨーコが慌てた様子でデッキに飛び出してきた。

「ママから電話！　パパ倒れたから、早く帰る？」

毎日の会話で慣れたけれど、ヨーコの日本語はやっぱり変だ……。

高鳴る心臓に逆らって、真っ先にそんなことを考えた。

捜査　I

約束の時間はとうに過ぎている。

カウンター席には座るべきではなかったと、怜子《れいこ》は後悔する。

女が一人でグラスを傾ける姿はどこか物欲し気に見え、必要以上に孤独な姿を作りそうで抵抗があった。

十年前なら、そんな考えは頭を掠《かす》めもしなかったに違いないけれど。

大人になるというのは、面倒な神経を身に付けることでもあるのかもしれない。

普段は一番奥にあるボックス席で相手を待つのだが、今夜はカウンター席しか空いていなかった。

「今日はずいぶんお客が多いのね」

目の前のバーテンダーに顔を向けると、男は軽い笑みを浮かべて答えた。

「明日《あした》は一の酉《とり》ですからね」

「一の酉……？」

〈忘れていた……そういえば、そういう季節だったな〉

少し間を置いて、男は言葉を続けた。

「花園《はなぞの》神社の西の市……今夜はその前夜祭ですから、どこのお店もきっと混んでますよ」

西の市とは、商売繁盛を願い、大小の縁起熊手を売る十一月の風物詩だ。

知らないのか、と言いた気な顔を笑顔に戻し、男は少し離れてレモンの皮を剝《む》き始めた。

その鮮やかな手付きに見蕩《みと》れていると、グラスの横でスマホが鈍い音を立てた。

《ごめん。まだ会議中》

文字に続き、土下座するペンギンのスタンプが現れた。

予想はしていたけれど、やっぱり体の力が抜けて行く。

先月も同じようなことがあった。

あの時は仕事ではなかったけれど。

刑事なんかと付き合うもんじゃないな、と小さなため息を吐く。

「素敵なマフラーですね、よくお似合いです」

バーテンダーの男が再び目の前に移動して、怜子の首元を掌《てのひら》で指した。

「ありがとう……昔の物だけど捨てられないの」

「巻き方もお洒落《しゃれ》ですね。ファッション関係の方かと思っていました」

一人酒を気遣ってくれているのだろうが、こういう会話は得意ではない。

半年前から何度も足を運んでいる店だが、この男は自分の顔を覚えてはいないようだ。

〈今夜は、いつもよりメイクが濃いから？……っていうか、私、老けた？〉
曖昧《あいまい》に笑顔を返し、怜子はスツールから腰を上げた。
「残念でした。公務員よ」
ほう……と眼鏡の奥の目を見開いて、男は少し首を傾げた。
重い足取りで階段を上がり切ると、怜子は大鳥居に向かう人波に紛れ込んだ。
今夜は真冬並みの寒さだという予報を思い出し、首元のマフラーに顎《あご》を埋《うず》める。
〈ファッション関係か……それだったら、今よりは楽しい人生だったかも〉
バーテンダーの男に言ったのは嘘ではない。
刑事と付き合っている怜子も、やはり警視庁に籍を置く刑事だ。

警視庁刑事部・資料課・特設資料管理係
巡査　比留間《ひるま》怜子

名刺に刷られた文字はご大層なものだが、実情はそれに相応《ふさわ》しいものではない。
怜子の職場は、警視庁本部庁舎六階の資料室の片隅にある。
大量の捜査資料が眠る倉庫のような室内の窓際に、年代物の木製のデスクが三台。
その一番端の、陽当たりの悪いデスクが怜子のワークスペースだ。
就業開始の10分前にその椅子に腰を下ろした途端、珈琲《コーヒー》のクラフトカップを手にした横沢七重《よこざわななえ》が荒々しい足音を立てて現れた。

「おはよう。今日も早いのね」

　横沢は隣のデスクにつくなり、意味有り気な笑顔を向けてきた。

「夕べ、大田《おおた》区で面白い事件があったらしいけど……知ってた？」

「いえ……面白い事件って？」

　電車の中で眺めたスマホのネットニュースに、特に大きな事件はなかったと思う。

　それがね……と、横沢は右手をひらりと一振りさせた。

〈あんたはどこのオバちゃんだ……？〉

　心とは裏腹に、思いきり口角を引き上げる。

　世間話は苦手だが、人付き合いの初歩くらいは心得ている。

「大森《おおもり》でさ、八十三歳のバアさんが十歳下の内縁の旦那《だんな》に殺されたんだって……そのバアさんっていうのが、上のお偉いさんの母親らしいのよ」

　横沢の言う「上」とは、警察機構上層部のことだ。

　言い終えると、さも愉快そうな様子で手元のパソコンを起動させる。

「わあ……大変ですね」

　怜子の口先だけの相槌《あいづち》を気にする風でもなく、横沢は鼻先で笑った。

「今時の高齢者って、おとなしく老け込んで行くと思ったら大間違いなのよね」

「……ですよね」

そのどこが面白いのか。

怜子は上司の中年女の横顔をチラリと見遣《みや》った。

横沢はバツイチの四十三歳。階級は警部。

以前は捜査一課の敏腕刑事だったが、強気で上司に歯向かう性格が災いしたのか、数年前からここの係長だ。口癖は、「上のアホども」。

「そのお偉いさんって、誰だかわかる？」

ふふ……と笑い、横沢がまた怜子に顔を向けた。

「誰ですか？」

濃過ぎる眉《まゆ》の化粧に気を取られそうになるが、正しい会話の流れを守らなければならない。

ここだけの話よ、と横沢のテンションがマックスになる。

「なんと、お隣さんの交通局の次期局長候補なんだって！」

お隣さんとは、警視庁に隣接する中央合同庁舎第二号館にある警察庁のことだ。

「公表されたんですか？」

まさか……と、横沢はつまらなそうな顔でパソコンに目を戻した。

「同期の刑事が教えてくれたのよ。まあ、ネットに漏れるのは時間の問題だろうね」

警察関係者の事件であろうと、別に珍しい話ではない。

本当は特別面白い話でもないと、横沢自身はもちろん、刑事部の誰もが思っているはずだ。

けれど、この部屋では、上の誰かが転んで捻挫《ねんざ》しただけでも大きな話題になる。

怜子以外の二人にとって、そういう話題は、美味なお茶請けなのだ。

その二人のうちの片割れが、ドアを勢いよく開けた。

「係長、聞きました？」

残るデスクの持ち主である原田明弘《はらだあきひろ》巡査だ。

刑事二年目のこの若い巡査は、過去に重大な失態を犯したわけでもなく、異動理由もはっきりしないままこの部屋に追いやられた不運な男だった。

けれど、この巡査と小一時間も同室にいれば、その理由は明白だ。

原田と初めて顔を合わせた時のことを、怜子は鮮明に思い出す事ができる。

『僕、運がいいんすよ！　ろくに勉強もしないで警察官採用試験に受かっちゃったし、練馬《ねりま》の交番勤務の時に、近所の公園でオッさんが酔いつぶれていたから職質かけたんすよ。そしたら、何とな～く見た事ある顔で。僕、思い出しちゃったんすよね、指名手配の顔写真。その男、去年コンビニ強盗したヤツだったんすよ。アホっすよね、面割れしてんのに同じ地域をウロウロするなんて。まあ僕にとっては超ラッキーで、そいつを逮捕したご褒美に署長の推薦で刑事になっちゃったわけで……マジ、棚ぼたっす！』

今年で二十七歳だという〈超ラッキー〉な原田は、とにかく口数が多い。

その煩《うるさ》さと口調の軽さは、刑事としての評価以前に周囲から疎んじられていた。

だが、原田はこの部屋に最も適した者かもしれないと、怜子は思っている。

総務課の女子の間で人気があるという噂を耳にしたが、顔立ちはいわゆるイケメンとは程遠い。スポーツジムに通っていると自慢気に話していたことがあったが、その身体は十代のアイドルのように線が細い。

それでも横沢に言わせれば、『まあまあ可愛い』ということになる。

原田は歳の離れた姉に甘えるように横沢に接するからだ。

刑事としての能力は分からないが、人の懐に入る能力には長《た》けているのは確かだった。

怜子がいつも冷ややかな目で二人の様子を見ていることには気付いているようで、怜子には滅多に話しかけてはこない。

それでも、何故か怜子との距離を縮めたいらしく、横沢の不在の時に、猫なで声を上げながらコンビニのプリンなどを差し出してきたりする。

『センパイ！　今日も髪型キマってますねぇ……いや、マジで！』

その原田なりの努力は涙ぐましくさえあり、少し申し訳なさを覚えるが、とても仲間意識などは持ちようがない。階級は同じでも、五歳上の怜子には原田なりの敬語を使うが、怜子にとっては〈ウザい〉存在でしかなかった。

「上のアレのこと？　そっちは誰に聞いた？」

そのウザい原田に、横沢が嬉《うれ》しそうな声を上げる。

「下じゃ、その話で盛り上がってましたよ。いやぁ、おったまげ！」

下とは、捜査一課のフロアのことだ。都内に日々起こる凶悪事件の分析や、所轄署の捜査指導などをする刑事たちの本拠地だ。

「やっぱ、辞職もんですかね、マスコミに漏れたら相当ヤバいっすよね」

「今もそう言ってたとこよ。まあ、漏れたら真っ先に疑われるのは、そのお偉いさんの腰巾着《こしぎんちゃく》の誰かよね」

ですよね……と、怜子にも向けられる原田の顔から視線を逸《そ》らし、手元のパソコンを起動させる。

二人の会話にこれ以上耳を傾けても、得な事は何ひとつ無い。

与えられた仕事には何の遣り甲斐《がい》も感じないが、井戸端会議に付き合うよりはマシだ。

遣り甲斐……。

それは、この二人も本当は感じることができないでいるのかもしれない。

〈下〉も事務仕事のようなデスクワークが基本とはいえ、都内で凶悪犯罪が発生すればフロア全体に緊張感が走り、各班が捜査態勢に入る。

実際は、発生した区域の所轄署に捜査本部が設置されるが、指揮担当は警視庁から出向する管理官の仕事だ。

所轄署によっては若い管理官などは軽視されることもあり、出向を嫌う者もいる。だが、その指揮によって早期解決に至れば、指揮官の手柄となり、出世に結びつくことも多い。

玲子も、この部屋に来る前は捜査一課の一員だった。

二年前、小平南《こだいらみなみ》署から警視庁捜査一課に転属になった時は、他の刑事同様、ある達成感と高揚感に包まれた。

出世に興味はないが、一課の刑事として活躍する未来に胸を熱くした。

ようやく具体的な人生の設計図ができた、と。

そして、それまでの自分の歴史を書き直し、新しい人生が待っているはずだと。

……そう思った。

だが、落とし穴は思わぬ所に掘られているものだ。

〈何でこうなっちゃうかなあ……〉

パソコンの画面を流れる捜査資料の文字を眺めながら、玲子は朝から何度目かのため息を吐いた。

玲子を含む三人の仕事は、過去の凶悪犯罪の整理とデータ化だ。

近年までは捜査資料の類《たぐ》いは紙で残すのが基本だったが、持ち出しによる情報漏洩《ろうえい》への対策や保管スペースの問題から、デジタルデータで保存する作業が進められている。

ただ、社会を揺るがすようなセンセーショナルな凶悪事件や、官僚、政治家、そして警察機構に携わる者が関与した事案の資料整理は、〈下〉の連中の仕事だ。

玲子たちが担当するのは、それら以外の比較的短期で解決した事案か、解決不可能と判断され、事実上お蔵入りになった事案だ。

つまり、現時点での捜査現場の動きには一切関係が無い。

有能無能に拘《かか》わらず、パソコンの打ち込み作業ができれば良いのだ。

怜子は刑事という肩書きを持ちながら、犯罪捜査の現場の仕事は、警視庁に配属されてからは一事案しか経験がなかった。

元々、何が何でも現場の刑事になりたかったわけではない。

けれど、すでに過去のものとなった事案の捜査資料や供述調書の入力には何の面白みも感じられず、そこにどんなドラマがあろうと、怜子にとっては退屈なものだった。

その点、他の二人は怜子と違って、捜査資料の中の人間ドラマを週刊誌の記事でも眺めるように楽しんでいる。

「あ、係長、ちょっとこれ見てくださいよ……マジでヤバいっす。結婚詐欺で捕まったこの女、十年前から五回も結婚してたんすよ。しかも、以前の四回はダンナが早死にしてるって……チョーおっかねぇ！」

デスクに積み上げたファイルを開きながら、原田が声を上げる。

「あ、それ覚えてるわ。五十過ぎのガタイのいいオバさんでしょ？　結局、元ダンナたちの捜査は打ち切られたんだったっけ？」

原田のデスクの傍に椅子ごとずり寄って覗《のぞ》き込み、横沢が嬉々《きき》とした声を上げる。

毎日のように繰り返される光景だ。

おそらくこういう精神が、この部署で働く力なのだろうと怜子は思う。

この二人は、ここよりもっと暇な部署に回されても、きっと逞《たくま》しく生きていけるに違いない。

羨《うらや》ましい半面、〈一緒にしないでくれ……〉と、いつも思う。

だが、今日も一日、この平和な時間の中で自分は老けて行くのだ。

今更ながら、焦りを通り越した無力感に襲われる。

何故、捜査一課に転属になって半年足らずでこの閑職に回されたのか。

自分は上司の命令でやるべきことをやっただけではないか……。

怜子は、この理不尽な人事を今も納得していたわけではなかった。

＊＊＊

二年前の夏のことだった。

怜子が警視庁に配属になった春の終わり、都内で若い女性が襲われ金品を奪われる事件が多発していた。

その手口は、薬で昏睡《こんすい》させた女性をホテルに連れ込み、強姦《ごうかん》した上に現金やカードを盗むという卑劣なものだった。

被害届は4件。

被害者たちは、マッチングアプリと呼ばれる出会い系サイトで、IT関連会社の役員と名乗る三十代の男と知り合った。数度のメールのやり取りの後、バーや居酒屋で会う事になり、男に勧められるままに多量に飲酒。いつの間にか酩酊《めいてい》して意識を失い、翌朝ホテルの一室で目覚めた時には、持ち物のバッグや財布が男の姿とともに消えていた……。

それらの証言から、酒に睡眠導入剤が入れられた可能性が高いことが分かった。いわゆる昏睡強盗と呼ばれる犯罪で、かつての被害者は圧倒的に男性が多かったが、最近は男女逆のパターンも増えている。

届け出のあった4件は、風貌《ふうぼう》や手口が似ていることから同一人物の犯行とみられた。ほどなく、バーや居酒屋、ホテル周辺の防犯カメラの映像から被疑者の人相が特定された。しかし映像はやや不鮮明であり、前科者リストとは一致しなかった。また、被害者とやりとりをしていた携帯電話は、闇で流通する「飛ばしケータイ」と呼ばれる物であったため、使用者までは特定できなかった。

男の特徴は、１６５㎝くらいの小太り。

『全然カッコ良くなくて、どこにでもいそうな普通の男』

『けっこう身なりはきちんとしてて、高そうな服着てたな』

『喋《しゃべ》りは上手《うま》くて楽しいし、ご飯くらいはいいかな～って』

被害者たちの男に対する感想は、どれも似たようなものだった。

映像公開後も有力な情報は得られず、被疑者の身元確認は困難と思われたが、後日、赤坂《あかさか》にあるワインバーの店員から、店に頻繁に現れる人物に酷似しているという通報があった。

合同捜査本部が設置されていたのは北新宿《きたしんじゅく》署だったが、捜査一課にも特別捜査班が組まれ、怜子も加わることになった。

不謹慎だが、ワクワクした。

辞令を受けた夜は、こっそりと祝杯を上げたほどだ。

捜査一課に転属になってしばらくは、犯罪データの分析や解析結果の整理などのデスクワークだったため、久しぶりの捜査参加に怜子は意気込んだ。

店員からの情報によると、その男は週に何度か20時頃に現れ、一時間ほど一人で飲むことが多かったというが、たまに深夜に現れて閉店時間まで飲むこともあり、それは犯行のあった日時と合致していた。

そのワインバーは、店員に韓流《はんりゅう》ドラマに出てくるようなイケメンを揃えていることもあり、圧倒的に一人飲みの女性客が多く、男性一人の客は店員の印象に強く残っていた。

男はナンパが目的なのか、一人で飲む女性客に何度か声をかけているのを目にしたが、相手にはされていないようだったという。

犯行現場は、池袋《いけぶくろ》、目黒《めぐろ》、新宿と異なってはいたが、その全ての犯行時間帯の後に、男は必ずと言っていいほどその店に現れ、閉店まで飲んでいた。

犯行は週末や休日に発生していたため偶然の可能性があったが、通報を無視するわけにはいかなかった。

けれど——。

特別捜査班の他の刑事たちとは異なり、怜子に与えられた仕事は特殊なものだった。

『本日付けで、比留間怜子巡査を潜入捜査官に任命する』

強盗、傷害犯罪を捜査する一課の第六強行犯6係の班長は、慇懃《いんぎん》な口調で怜子に言った。

潜入捜査官……？

正式な名称ではない。当然、部署があるわけでもない。

〈つまり、囮《おとり》捜査ってこと……？〉

捜査段階で被疑者の特定や証拠が得られず難航している場合、時として捜査員が一般人を装い、被疑者と接触して情報を得ることがある。

相手がたとえ犯罪者であっても、身分を隠して相手の犯罪を誘発させ、現行犯で検挙するというやり口は、後の裁判等で問題になることもある。

その捜査方針がどこで決定されたのかは知らされてはいないが、怜子に白羽の矢が立ったのは、怜子の経歴によるものであることは間違いなかった。

『ほお……さすが、昔モデルだっただけのことはあるな』

特別捜査班の班長である浦山《うらやま》警部は、怜子の全身を眺めて満足そうに頷《うなず》いた。

浦山のみならず、普段の地味な姿から別人になった怜子に、捜査一課の担当刑事の誰もが驚きを隠さなかった。

捜査員の身分を隠して被疑者に近付き、相手をその気にさせる……。

その役どころは、怜子の他に適任者はいないと誰もが納得した瞬間だった。

〈これって、セクハラにならないのか？〉

怜子は、十代のころにモデル事務所に所属し、ティーン向けのファッション雑誌のモデルをしていた経験があった。

被害者の女性たちは、長い茶髪に派手目な服装の、いわゆるギャルタイプが多かった。

怜子の普段の姿は、もちろん派手ではない。

警察学校に入校した数年前から、警察官としての常識は心得ているつもりだ。

だが、170㎝近い均整の取れた容姿は、地味なスーツ姿でも一課の中では目立つ存在だった。

被害者たちに共通している外見は、スレンダーだが胸は大きく、茶色や金髪のロングヘア。

怜子は被害者たちの容姿に合わせ、胸元に分厚いパッドを仕込んだ。

ボブの黒髪には茶髪のロングヘアのウィッグを被《かぶ》り、久しぶりに濃いメイクを施した。

切れ長の奥二重《おくぶたえ》の目は、アイメイクと二枚重ねの付けまつ毛の効果で、憂いを帯びた艶《あで》やかな目元に変化した。

変装をサポートした総務の女子職員が、『そのメイク術、プロ並みですよね』と言ったほどだ。『刑事にしておくのは勿体《もったい》ない』とも……。

服は経費で揃えたチープなワンピースだが、久しぶりのミニ丈に、怜子は思わず華やかな気分になった。恐る恐る更衣室の鏡で確認すると、怜子自身が驚くほど、その外見は別人になっていた。

モデル時代の経験が、警察官になってから役に立つとは思わなかった。

その頃より数キロは太り、ガリガリに痩《や》せていたモデル時代の体形には程遠いシルエットに少し落胆したが、あの頃より遥《はる》かに健康的な姿に安心もした。

《女優に成り損ねたモデル》に、見えないこともない。

それはまんざら嘘でもなかった。

女優になりたいとは一度も思ったことはなかったが、母の里美《さとみ》や事務所のマネージャーに逆らわなかったら、テレビドラマの脇役くらいはやっていたかもしれない。

《変装は最強の武器》

怜子の頭に、呪文《じゅもん》のような言葉がふいに浮かんだ。

当時の担当マネージャーが言った言葉だ。

『ヘンソウ？』

『役に成り切るためには、メイクと衣装が何より大事よ』

変装することで、自分の次のセリフや動作は自然に出てくるものだ……と。

上がり症の怜子に、彼女は念仏のように耳元で繰り返した。

別人になることを楽しみなさい、と。

実際その言葉で、気の進まない仕事を何度か乗り切ったのも事実だ。

変装した怜子が向かったのは、タレコミのあったワインバーだ。

男が必ず現れる確証はなかったが、店の斜《はす》向いに停めた捜査車輛《しゃりょう》で張り込みを開始した。

運転手を含む一課の刑事二人と待機し、後方の路上には、他の捜査員たちが乗る一台の覆面パトカーが停車していた。その車輛には、指揮をする浦山も乗っているはずだ。

開店時間を過ぎると、チラホラと客が入店して行くのが見えた。

さすがに張り込み初日に男が現れることには誰もが半信半疑だったが、男の来店頻度から予測すると、顔を出す可能性は大きかった。

そして、予想通り男は現れた。

それらしき男が入店していく姿を見送った直後、店員から浦山に電話が入り、男は間違いなく被疑者であることを確認したという無線が入った。

一斉に店の出入り口全てに捜査員が移動し、怜子は店内に向かった。

ワンピースに薄手のストールを羽織り、足下は12㎝のハイヒールだ。

久しぶりに履くハイヒールだが、歩き方は身体が覚えていた。

店内に入った途端、他の客たちの視線が刺さった。
「デカっ！」「誰……？」「タレント？」等の囁《ささや》きが耳に入る。
ハイヒールを履いた怜子は、パリコレのランウェイを闊歩《かっぽ》するモデル並みの高身長だ。
店内のカウンターの端に、男はいた。
間違いなく先刻見送った男だ。
通報どおり、その顔は防犯カメラに映っていた男と似ていた。
カメラの人物より少し痩せて見えるが、男としては低めの身長と丸い肩がそっくりだ。
男が麻のジャケットを脱ぐと、ハイブランドのポロシャツが現れた。
被害者たちの証言どおり身なりが良く、そのセンスも悪くはない。
男はおしぼりを手に取り、グラスワインを注文する。
怜子はゆっくりとカウンターに近付き、男よりスツール二つを空けて座った。
店内に足を入れたところから、すでに男が怜子を見ていることに気付いていた。
被害者たちの雰囲気に合わせた怜子の外見は、男の好みそのものかもしれない。
店内はジャズのピアノが低く流れていて、うっかりすると緊張が緩みそうになる。
カウンターの内側に若いバーテンダーが一人。
おそらく通報者の店員に違いない。どことなく、所作に緊張が見られた。
頼んだバーボンソーダに口をつける。唇を湿らすだけで口に含みはしない。
その間、ずっと右頬に男の視線を感じていた。

「君、ひとり？」

5分も経たないうちに、男が移動して隣に座った。

自信家なのか、こちらを甘く見ているのか。

こういうシチュエーションも久しぶりだ。

モデル時代は日常茶飯事。二十歳になる前だったが、仕事帰りに何度かモデル仲間やマネージャーにクラブに誘われた。仲間たちは声をかけてくる男たちとの会話を楽しんでいたが、怜子はその場限りの浮かれた会話を楽しむことはできなかった。

先輩モデルの誘いを断る勇気がなかっただけだ。

酒を飲むことはもちろん事務所から固く禁じられてはいたが、こっそりジントニックなどを飲んだことはある。

「待ち合わせ？」

男は、更に訊《き》いてくる。

「別に……」

チラリと横目で男を見て、すぐに視線を逸《そ》らす。

男は笑いを含んだ声で言った。

「そういう焦《じ》らし方って古いんじゃない？」

〈ああ、そう来たか……こういうタイプは知っている〉

自信家で、傲慢《ごうまん》。支配欲が強い。

無視すれば引き下がるタイプだから、ここは即答する。

「そういう言い寄り方も古いんじゃない？」

「じゃあ、一緒に飲もうよ、とりあえず」

「待ち合わせなんだけど、私」

「それはないな……だったら、カウンターには座らないんじゃないかな」

男の言うとおり、二人掛けのソファ席はまだたくさん空いていた。

初めて、男と目を合わす。

平坦《へいたん》な顔だ。目と目の間の距離が少し遠い。こめかみを剃《そ》り上げた流行《はや》りの髪型が全く似合っていない。

「オレ、君のタイプじゃなかったら引き下がるけど？」

言いながら、男は片肘《かたひじ》を突いて顎《あご》を載せた。

その腕に輝く高級時計。

それにわざと目を向けてから、ゆっくりと男に笑顔を見せる。

意味有り気な笑い方や、足の組み方、顎の角度は、モデル時代に飽きるほど要求されたポーズだ。グラビアの経験はなくプロ意識にも欠けていた怜子に、先輩モデルが熱心に教えてくれた。

『メイクをして衣装を着ければ、要求されるキャラにいつでもなれる』

それがモデルの最低必須《ひっす》条件と言われたことを今更ながら思い出す。

忘れていた感覚が戻ってくることに、もう一人の怜子自身が驚いていた。

「じゃ、取りあえず、乾杯！」

男は赤ワインのボトルを注文すると、怜子の前に置かれたワイングラスになみなみと注いだ。

肩をすくめてグラスを取り上げると、耳の中に、捜査班長の浦山の声が響いた。

『比留間、飲んでいいぞ。飲まないと怪しまれるからな』

耳穴の奥に、極小サイズのワイヤレスイヤホンを着けていたことを思い出す。

男との会話は、胸元に潜ませた小型ボイスレコーダーから全ての捜査員の耳に届いているはずだ。

音声だけではない。カウンターに置いたクラッチバッグには超小型の隠しカメラが取り付けられていて、男の様子は捜査車輛のモニターに映し出されているはずだ。

無論、カウンターの左右の上部にも防犯カメラが取り付けられている。

「赤ワインで良かった？　何でも好きなもの飲んでいいよ」

とりあえず寛容な言葉を口にするが、こちらがまだ気を許してないことに気付いている言い方だ。

実は赤ワインは苦手だ。体質に合わないのか、グラス一杯で悪酔いしてしまう。

少しだけ口に含んで、また男と目を合わせる。

望み通りの展開に満足している笑みだ。

「モデルかな、君」

「まあ、そんなもんだけど」

「やっぱり……そうだと思った」

「キャバ嬢かもよ」

そういう接客業に見えても不思議のない格好に仕上げたつもりだ。

男は訳知り顔で続けた。

「いや、キャバ嬢はもっとフランクで素直だよ。まあ、お高くとまっている子もいるけど、君の雰囲気とはちょっと違う」

男は改めて怜子の全身を眺めた。

売れないモデルを演じながら、男と軽口を交わしていくうちに、怜子は目の前の男に違和感を覚え始めた。

マッチングアプリで知り合い、女の飲み物に睡眠導入剤を混入して酩酊《めいてい》させ、ホテルに連れ込みわいせつ行為後に金品を盗む……という筋書きが、この男の纏《まと》う雰囲気からは想像ができないのだ。

男がグラスを飲み干す隙に、斜め前の店員に顔を向けて目で問う。

〈間違いない？〉

店員は即座に小さく頷《うなず》いた。

「いつも、こういう店でナンパするの？　今はＳＮＳの方が早いし面倒じゃないんじゃない？　マッチングアプリもたくさんあるし」

「出会い系ね……ああいうのは苦手なんだよな。どんなのが来るかわかんないじゃん」

男の口調が砕けてくる。

「で、名前聞いてもいい？」

思ったより酒に強くはなさそうだ。薄《うっす》らと目の周りが赤らんでいる。

「教えてもいいけど、本名とは限らないかもよ」

男は声に出して笑った。

「そんなのどっちでもいいよ？　名前なんて記号と一緒だろ。とりあえず何て呼べばいいの？」

「リカでいいわ。そちらは？」

「で、いいわ、か……じゃあ、ヒロでいいや」

男は愉快そうな声を出すと、怜子の方に少し肘を近付けた。

微《かす》かにコロンが香った。爽《さわ》やかな香りだ。

〈最初の印象ほど、感じ悪くないんだけどな……〉

とは言え、もちろん怜子のタイプではない。

外面は自信家で傲慢……本性は孤独な理屈屋。

そう。男から感じるのは、深い劣等感だ。

「どう、これ空けたら次行く？　近くにもっとゆっくりできるイタリアンバーがあるんだけど」と、男は半分ほどワインが残っているデキャンタを指した。

《比留間、そこで確保できるよう粘れ。移動したら厄介だ》

浦山の慌てた声が聞こえてきた。

繁華街での移動は、確かに面倒が起こり易い。

捜査員も容疑者に気付かれずに追尾しなければならないし、万が一、街中《まちなか》で容疑者が気付いて逃走すれば、一般人を巻き込む危険性もある。

「ん……じゃ、ちょっとお化粧直してこようかな」

緊張のせいか、グラスの半分も飲んではいないのに、少し吐き気があった。

化粧室の中に入り、襟元に仕込んだピンマイクに囁《ささや》く。

「これ以上は飲めません。私、赤ワイン苦手なんです。それに、あの男はホシではないような気が……」

《何言ってんだ！　今のままで引っ張るわけにはいかないだろっ、もっと証拠に繋《つな》がるようなことを聞き出せ！》

浦山の罵声《ばせい》が耳に刺さる。

一応「了解」と呟《つぶや》いて、心の中で舌打ちした。

証拠に繋がる情報を聞き出せ、というのは、表向きの命令だ。

できれば、酒に薬品を仕込ませ現行犯逮捕がしたい、というのが浦山の本音だ。

それくらいは、バカでも分かる……。

けれど、あの男が犯人だとしたら、簡単にシッポを出すほどバカな男ではないような気がした。

席に戻ると、男は悠然と煙草を薫《くゆ》らせていた。

怜子のグラスにまたワインが注がれていて、デキャンタは空になっている。

「ここのワインもいいけど、もっと旨《うま》いワインを飲ませたいな、リカちゃんには」

男が、さあ、と手のひらでグラスを勧めた。

リカちゃんと呼ばれた時は一瞬鳥肌が立ったが、その声はそれほど粘着質ではない。

でも……。

〈まさか、化粧室に立った隙に薬を入れたとか？〉

曖昧《あいまい》に笑い、怜子がグラスを取り上げた時、カウンター内のバーテンダーと目が合った。

その目はほんの微かな動きをした。

怜子は、その動きを『飲むな』と解釈した。

「……これって、危ない薬とか入ってたりしないわよね？」

精一杯、無邪気な声を出して小首を傾げて見せた。

途端に、男は高い笑い声を立てた。

「変に緊張してるなあって思ってたけど、そんなこと考えてたんだ」

そして、男は顔を寄せてシリアスな表情になった。

「そこまで女に不自由してないよ……自惚《うぬぼ》れるのもいい加減にしてくれないかな」

――と、怜子のグラスを取り上げると一気に飲み干した。

「え……？」

違ったか……？

次の言葉を探しているうちに、男は無言で席を立った。

《バカタレ！　何やってる！　引き止めろ！》

浦山の罵声が響く。

「あ、ちょっと待って！」

慌てて男の腕を摑《つか》むと、男は形相を一変させて怒鳴った。

「放せ！　人をコケにするのもいい加減にしろよ、何なんだ、お前！」

〈ん……どうしてここでこんなに怒る？〉

自分の言い方は、ジョークと捉《とら》えるのが普通ではないか。

自分は何の地雷を踏んだ？　まさか最初から薬を入れられていたとか……？

そう考えた瞬間、男の熱《いき》り立った顔がフニャリと崩れて行く。

「あ……」

《比留間！　逃がすな！》

浦山の怒声が耳をつんざく。

〈そんなこと……言ったって……〉

あっと言う間に、膝《ひざ》や腕から力が抜けて行く。

両膝が床を打った次の瞬間、視界の周囲から黒い波が現れ、全てが一瞬で消えた……。

＊＊＊

『悪かったわね。公務員なんだけど、私』

あの時、男の腕を摑んでニヤリと笑ったつもり……だった。

警察手帳を取り出した……つもりだった。

怜子がその後の出来事を知ったのは、救急病院のベッドの上で目覚めたあとだった。

あの黒い波に襲われた瞬間から、数時間が過ぎていた。

犯人確保で事件は解決を見たと思われたが、男は真犯人ではなかった。

男が飲み干した怜子のワインに、睡眠導入剤は入っていなかったのだ。

入っていたのは、男の手元にあったワイングラスの方だ。

怜子がクラッチバッグを持ち化粧室に立った隙に、男がワイングラスを交換していたことが、店内の防犯カメラの映像で確認された。

つまり、怜子は最初から睡眠導入剤入りのワインを飲んでいたことになる。

男の仕草はバーテンダーにも気付かれてはいなかった。

〈飲むな〉と読み取ったバーテンダーの目の動きは、単なる怜子の勘違いだった。

男は怜子の態度に本能的な不審を抱き、激高したふりをしてその場を立ち去ろうとしたのだ。

　だが、薬の効き目は早かった。

　怜子の昏倒《こんとう》を切っ掛けに、捜査員数人が店内に踏み込み、傷害の現行犯逮捕で男の身柄を確保した。

男には強制わいせつ罪で逮捕された過去があったが、訴えた被害者との間で和解が成立、不起訴処分となっていた。

　今回はその過去の事実からも、男の起訴は確実だと誰もが思った。

　だが、逮捕時から否認する男の供述から真犯人の情報が得られ、捜査員全員の予想を裏切った形で事件は解決した。

　真犯人は、男のネット上の仲間だった。

　好みの女性のタイプや、それらの女性が出没する地域や時間帯などの情報交換をするサイトだ。

　そのサイトのユーザーアカウントから、三十六歳の無職の男が浮かび上がり、翌日の逮捕となった。

　真犯人の容姿は、バーで取り押さえた男に酷似していて、バーテンダーが間違うのは無理がなかった。被害者たちが言ったとおり、『どこにでもいそうな普通の男』だった。

　自分に落ち度はなかったはずだ。

　結果的に犯人逮捕に至ったのだ。むしろ、捜査一課の手柄に大いに貢献したことが認められても良いはずではないか。

怜子は今でも、その時の悔しさを思い出すと胃が痛くなる。

だが、問題はバーで身柄を確保した男の素性にあった。

男の父親は元中央省庁のキャリア官僚で、今でも警察機構に影響を及ぼす人物だったのだ。

睡眠導入剤は男がすり替えたワイングラスの底から確かに検出されたが、男は不眠症の自分用に混ぜたと供述。

まるで理屈に合わない話だが、証拠が無い限り傷害罪は問えない。

男に対する本来の目的であった『昏睡《こんすい》強盗・準強制わいせつ罪』での逮捕は、誤認逮捕という形で終った。

捜査一課はその失点の責任を取らされ、一課長以下、捜査にあたった各班の班長全員が減給処分を受けた。

そして、怜子も〈島流し〉となった。

『おまえがもっと慎重にヤツと接触すべきだったんだ。本気で酒を飲んでどうする！』

飲む事を許可し、もっと飲めと言わんばかりだった浦山は、一課長を含む捜査員全員の前で怜子を叱責《しっせき》した。

怜子の言い分には誰も耳を貸さなかった。

あまりの理不尽さに、身体が震えた。

味方は一人もいなかった。

その時点で、すでに恋愛関係にあった捜査二課の刑事、中谷裕貴《なかたにゆうき》でさえ――。

『そういう組織なんだ。出世に興味がないなら、むしろヒマな部署の方が気楽でいいんじゃないか？』

ふざけんな。

あれ以来、怜子の頭の中での口癖だ。

出世などに興味がないのは本当だ。いくら男女平等をうたっても、所詮《しょせん》は男社会であることは身に滲《し》みている。

無駄な抵抗は人生を複雑にするだけだ。

けれど、気楽な仕事で生きて行こうと思う者は、決して警察官などにはならないだろう。

『デキる女とか目立つ女って、叩《たた》かれ易いんだよ。今んとこが丁度いいと思うけどな』

ふざけんな。

〈丁度いいって何だ！〉

男社会で生き抜くためには、男と対等な力を身に付ける努力よりも、男には無い女特有の能力を強化するに限る。それさえ分かれば、女は一人でも生きていけるのだと、何かの本で読んだことがある。

読んだ時は全く共感できなかったが、今は、少しは分かる。

ただ、その能力を、自分の中に見つけられないでいた。

〈所詮、長いモノには巻かれている方が賢いのかもしれない……〉

達観しているわけではないが、最近はそんな考えが頭を過《よぎ》ることもある。

けれど、変装をしてそのキャラクターに成り切ると、今まで見ていた風景が変わることに改めて気付いた。

自分に対する他人の態度が変わる面白さ。そして、自分に接する相手の真意に気付く面白さ。

変装は最強の武器……。

そのことを中谷に告げると、『それって、コスプレに目覚めたってことか?』と呆《あき》れたような顔をしたのを思い出す。

所詮、自分以外に理解できる者はいない。そう考えると気が楽になった。

それ以来、怜子は度々自ら別人になることを楽しむようになった。

退庁後にデートの約束がある時は、一流ホテルの化粧室内にあるチェンジングルームで変身する。

ひとつに束ねた髪を解き、丁寧な化粧を施し、地味なスーツをトレンドなワンピースなどに着替える……。

たったそれだけのことで、日常の憂さが晴れた。

潜入捜査官でも女優でもなかったけれど、日頃のストレス解消には役に立っていた。

その変装は捜査に一役買ったはずだったが、もちろんあれ以来、仕事では何の出番も求められず、単なる怜子の趣味で終っていた。

最初は感嘆の声を上げた中谷も、最近では怜子の変身には感想も言わなくなっている。女とはそういうものだと内心冷ややかな目で見ていることも、怜子は知っている。

付き合い始めて二年。デートそのものも昨夜のようなドタキャンが多くなっていた。

中谷の仕事ぶりに惹《ひ》かれたのは確かだだが、何故付き合うことになったのか、怜子の記憶は怪しくなっている。

中谷に訊《き》いたところで、それ以下の答えしか返ってこないだろう。

中途半端な交際は、いつしか惰性で日常の一部になってしまう。

気が付くと、全てが怜子の願ったこととは別の方向に進んでしまっている……。


「センパイ！」

いきなりの原田の声で、怜子は我に返った。

「ね、センパイもそう思いますよね？」

何の話だ……。

怜子は曖昧《あいまい》に頷《うなず》いて顔を逸《そ》らした。

「なあんだ、やっぱ興味ないいか」「無駄よ。比留間はそんな話には乗らないってば」

二人の声を耳から遠ざけて、デスクに積み上げられた資料のファイルを開いた。

今日のノルマは、四年前に発生した5件の事件のデータ入力だ。

休日前にやり残した二冊のファイルを入れると7件もある。

ファイルの表紙に《足立《あだち》区老女殺人事件》とある。

四年前の二月。独身の長男（五十五歳）が寝たきりの母親（九十二歳）を絞殺した事件だ。長年の介護疲れにより、発作的に首を絞めたとある。

長男本人の通報により自首が認められ、絞殺時に使用した電気コードも押収されている。動機は介護疲れ。将来を悲観しての衝動的な行為とある。介護疲れからのこうした犯罪は、近年、多数発生している事案だ。

捜査資料の入力は30分もかからないだろう。機械的に打ち込みを済ませないと憂鬱《ゆううつ》な気分になる。

供述調書や現場写真のデータ化を済ませて、次のファイルを手に取る。

昼休み前に、あと2件くらいは片付けたかった。

昨夜のドタキャンの詫《わ》びのつもりか、中谷から朝イチでランチの誘いのメールが入っていた。

怜子は頭の片隅でその顔を思い浮かべながら、ファイルの表紙に手を止めた。

《港区モデル放火殺人事件》とある。

〈モデル……？〉

普段は流し読みをしながらキーを叩く怜子だが、モデルという文字に誘われ、事件の概要をじっくりと読み始めた。

《七月二十日、午後10時14分。

港区青山《あおやま》三丁目の賃貸マンション［青山グランドテラス］1014室の火災報知器が作動。

スプリンクラーは故障中だったため、室内は半焼。駆けつけた消防隊員により居間から住人女性の焼死体が発見された。

被害者は武藤麻理子《むとうまりこ》（三十歳）職業ファッションモデル（別名・村雨《むらさめ》マリ）。

死因は煙を吸い込んだことによる一酸化炭素中毒だが、遺体の胸に鋭利な刃物で刺された傷があった。

室内は荒らされたような跡があり、近親者の証言により、現金、ブランド品のバッグ、高級時計など数点が紛失していることが判明。

これにより、強盗放火殺人事件として、七月二十一日付けで港中央署に捜査本部が設置された。

死亡推定時刻の前後、マンション入り口の防犯カメラの映像などに不審者の出入りはなく捜査は難航したが、被害者の交友関係から、被疑者が特定された。

山科智己《やましなともき》（三十二歳）。録音スタジオ経営・音楽プロデューサー。

被疑者は、数年前から被害者と不倫関係にあった。

同二十一日9時半、港中央署の刑事四人が目黒の自宅に向かい、重要参考人として本人に任意同行を求めたが、被害者とは面識がないと犯行を否定。その後捜査員を突き放して屋外へ逃亡。マンション七階部分の外階段で捜査員ともみ合う中、誤って一階の中庭に転落。搬送された東青山病院にて死亡が確認された。死因は腹腔内出血による失血死。

その後二ヶ月に渡り捜査が続行されたが、物証となる凶器の発見にも至らず、周囲の証言と状況証拠からは動機に繋《つな》がるものは無く、被疑者死亡のまま書類送検。その後不起訴処分となり、事実上、迷宮入りとなった》

「ああ……これ、当時はずいぶんネットで騒いでたわね」

いきなり背後から横沢の声がして、怜子の心臓が跳ねた。

「そ、そうなんですか……」

「比留間、覚えてないの？」

「はあい、僕、覚えてまーす！」

怜子の代わりに、いそいそと近寄ってきた原田が返事をした。

「これ、警察学校の寮でけっこうな話題になりましたからね。村雨マリって、もっと若い頃にグラビアに出てて……顔はともかくナイスバディで、僕その頃はまだ高校生だったから、お世話になったっつーか……」

四年前の夏……怜子にとっては、空白の時期だ。

「私、休職中でしたから全く……」覚えていなかった。

当時は小平南署の刑事課に籍を置いていたが、家庭環境からくるストレスが原因で、学生時代に発症して完治していたはずの摂食障害を再発させ、体重が激減。署の健康診断とカウンセラーとの面談の結果、三ヶ月の休職を求められたのだった。

「休職？　だったら余計こういうニュースってハマりません？　芸能スキャンダルみたいなもんじゃないですか？」

呆れたような原田の声を無視してページを繰ると、被害者の顔写真と現場写真が現れた。

それらの写真の中の一枚に、怜子の目が釘付《くぎづ》けになった。

ブルーバックに無表情でカメラを見つめる被害者の地味な顔。

これって……？

「すごいわよね、今の整形美容の技術って。このガイシャ、まるで別人よね」

再び横沢の声が耳元でした。

横沢が指した写真は、派手な化粧をした宣材用のものだ。

被害者の名前は武藤麻理子。事件当時三十歳。

その名前に覚えは無い。

職業ファッションモデル。別名、村雨マリ。

村雨マリ……？

〈やっぱり、あのマリ……!?〉

もう一枚の人工的に整った顔の中にも、怜子が知る素顔の面影があった。


「知り合い……？」

予想していたほど驚いた様子を見せず、中谷はメンチカツに箸《はし》を突き立てた。

ランチというより昼メシと言う方がぴったりな定食屋だ。

「昔、私がモデル事務所でバイトしてたこと、知ってるわよね？」

怜子がモデルのアルバイトを始めたのは、母の勧めだった。

『怜子はスタイルがいいから、もっと華やかな世界で生きる権利があるのよ』

母の言葉は妙な説得力に満ちていて、怜子に抗《あらが》う力はなかった。

小学二年生から児童劇団に所属していて、定期公演ではいつも主役をこなし、退団した高校入学時から、ファッションモデルを多く抱える芸能事務所に籍を置いていた。

取り立てて目立つ顔立ちではなかったが、手足の長さが目立つスレンダーな容姿で、ティーン雑誌のモデルに度々起用された。

当時、事務所はタレント育成にも注力していて、母や事務所の担当マネージャーは怜子の本格的な芸能界デビューも視野に入れていたが、怜子自身にその野心はなかった。

野心どころか、どこか虚飾に彩られた業界に、自分の将来のイメージを見出《みいだ》せなかったのだ。

それでも大学生になった頃は、バイト料の良さに惹《ひ》かれて大手ファッション誌の仕事を多く引き受けるようになっていた。

その事務所で、同じモデルとして知り合ったのが村雨マリだった。

「憧《あこが》れてたのよ、私。マリはそのころは雑誌の表紙にもなるほど売れていたし……すごく美人だったわけじゃないけれど、独特な華やかさがあって……」

その華やかさの中には、ある毒が含まれていたのだけれど、当時の怜子はその事には気付かなかった。

「二歳上だったから、私を妹のように思ってくれていて、いろいろ教えてもらったわ」

そう。羨《うらや》ましいほど輝いて見える人ほど、その体の奥底に闇を抱えていると教えてくれたのはマリだ。

「ああ……思い出した。被疑者が転落死したのは所轄の刑事が強引に詰め寄ったせいだって……確か、その刑事は責任を取らされて辞めたんじゃなかったかな」

すでにフライ定食を食べ終えた中谷が、スマホを弄《いじ》りながら言った。

何かを検索をしているわけではない。中谷が眺めているのはラインの画面だ。

中谷の頭の半分は、他所《よそ》に向いている。最近はいつもこの調子だ。

「別れ話のもつれじゃないかってネットで騒いでたけど、その後に民自党の汚職事件があったからな……」

スマホを弄りながら、中谷は気のない声で呟《つぶや》いた。

別れ話のもつれ……？

怜子はため息と共に、鼻で軽く笑った。

あのマリなら、自分の気持ちが既に冷めてしまっていたとしても、そうそう簡単に別れを承諾するはずがない。

まして、自分から別れを切り出すことなどない。

一度手に入れたものは、マリは決して自らは手放さないことを怜子は知っている。

「金の問題とか？」

ずずっと音を立てて茶を啜《すす》りながら、中谷はまだスマホを弄っている。

「マリは、金銭には執着しない性格だと思う……」

金銭やプライドの問題ではない。

マリは、極端に独りを怖《おそ》れているようなところがあった。

「どっちにしても男女間の問題だろ？　単に強盗の目的にしては手が込んでる。刺した後で放火までするのは考えにくいんじゃないか？」

中谷ののんびりとした口調が、今日はもどかしい。

それにしても、殺されていたとは……。

数年間、その顔や声を敢《あ》えて思い出すことはなかったが、改めて考えると、様々なシーンでの笑顔や声が色彩豊かに蘇《よみがえ》る。自分で始末をつけたと思っていた過去が、重たい粘土のように、ずるりと身体の中で広がった。

「何か、特別な因縁でもあるのか、そのモデルと……？」

顔を上げると、中谷が珍しく真面目な顔付きで覗《のぞ》いていた。

「仕事を取り合ったとか、男を取り合ったとかさ？」

この男の勘は、刑事特有のものなのだろうか。

曖昧《あいまい》に笑い、怜子は話題を変えた。

「別に……知り合いだったからちょっとショックなだけ。それより、たまにはもう少しオシャレなランチに誘ってよ」

ああ……と返事をしながら、中谷は再びスマホを弄り出した。

「早く食わないと時間なくなるぜ。相変わらず小食だな」

怜子の食べかけのブリの照り焼き定食をチラリと見て、軽くため息を吐きながら怜子の上半身に視線を走らせた。

「その割には、最近太った？」

中谷は一番聞きたくない言葉をさらりと言うと、急に笑顔になって手にしたスマホの画面を見せた。

「最近、こんなスタンプ送ってくるようになったんだ」

ライン の画面に流行《はやり》のアニメの美少女キャラ。その下の吹き出しの文字が、嫌でも目に入る。《Dランドのやくそく　わすれないで》

お愛想に笑顔を向けて、怜子はブリの欠片《かけら》を口に放り込む。

他人に言えば、きっとこう言われるだろう。

『そんな無神経な男と、よく二年も付き合っていられるね』と。

警部補の肩書きを持つ中谷は、捜査二課では優秀な刑事として知られている。だが、大きな事案を抱えている時はもちろん、時間に余裕がある時でさえ、どこか現実に疎いところがあった。

中谷には、三年前に別れた妻との間に今年五歳になる長女がいる。

離婚の原因は中谷の浮気ということだが、実際は、元妻の男性関係らしかった。

『どうでもいいさ。でも、向こうの親がゴチャゴチャ言ってこないのは娘の不貞を知ってたんじゃないかな』

その話が本当だとしたら、怜子には元妻が子持ちでありながらも他の男に走る心情は何となく分かるような気がした。

中谷が自分との結婚を望んでいるのかどうかは確かめたことはない。それどころか、怜子自身も、目の前の無神経な男と結婚したいと思っているのかさえ、最近では分からなくなっている。

この男の害ある無邪気さに、いつまで自分は耐えられるのだろうか……。

「今はどんな事案の捜査なの？」

「蒲田《かまた》の信用金庫の横領事件。今日は午後から会議だけど、明日《あした》は外歩きに付き合わなくちゃ……」

先週末の夕方に発覚した事件だという。ドタキャンの理由がようやく分かる。

ラインにあった《会議中》とは、捜査会議のことだ。

中谷は二課の実戦タイプの刑事として、その実力を評価されていた。

担当する湾岸地域で知能犯による詐欺や横領事件が発生すれば、中谷の出番だ。所轄の捜査の補助という立場だが、実際は捜査の設計図を作り、早期解決に向けて指揮をする。

昨夜も、捜査本部が立てられた蒲田西署に駆けつけていたに違いない。

その前の約束の時は、長女の発熱が原因だった。

仕事はできるが無神経。悪意はないが知りたくもない事までペラペラと喋《しゃべ》る。

一般的には、中谷も［ダメンズ］と呼ばれるダメ男に分類されるのかもしれない。

自分は何故こうも恋愛相手に恵まれない女なのだろうと、怜子はいつも思う。

スマホを弄る中谷の顔を見ながら、怜子は別の男の顔を思い浮かべた。

穏やかに光る目。白い頬。鋭利な顎《あご》。

その顔に重なったのは、華やかな時代の村雨マリだ。

その二人を見送った地下鉄のホームを思い出す。

電車が巻き起こす風の音と、自分を見つめる二人の目……。

あれから十二年以上も経っていた。

横沢と原田が定時に姿を消し、怜子はそれから二時間ばかり残業をした。

午後は仕事に身が入らず、傷害罪や脅迫未遂などの捜査資料を機械的に処理していたが、定時を過ぎてもノルマが後2件も残っていた。

引き出しの中に仕舞ったマリの捜査資料に気を取られていたせいだった。

ノルマを終え、マリの捜査資料の全てを写真に撮り、私用のタブレットに保存した。

もちろん、違法行為だ。発覚すれば始末書では済まない場合もある。

室内の暖房は切られていたにも拘《かか》わらず、首筋に不快な汗が湧き出た。

自宅のある新中野《しんなかの》までは地下鉄で30分。

怜子が小学生の時から住んでいるマンションまでは、更にバスで10分以上かかる。

副都心の高層ビルの灯《あか》りもそう遠くはないが、マンションのある住宅街は夜半になるとひっそりと静まり返っていて人影も疎《まば》らだ。

すでに21時を過ぎていた。

鉄製のハンドルを引くと、思ったとおりドアはすんなり開いた。

廊下とは名ばかりの狭い板張りに上がり、怜子は乱暴な足音を立てながらダイニングキッチンへ向かった。

半開きのドアから室内に身体を入れると、見慣れた光景が広がる。

食卓テーブルの上に散らばる色とりどりの物……薬の袋、郵便物、冊子、袋菓子、空のペットボトル、椅子に無造作に掛けられたTシャツやスウェット……それらの隙間に、母の里美の仏頂面がある。

「ママ、また玄関の鍵《かぎ》締め忘れたでしょ。これで何度目よ……ったく」

自室に入るには、このダイニングを突っ切らなくてはならない。できれば、この光景を目にせず玄関脇の小部屋に駆け込みたいところだが、そこは昨年から弟の大輔《だいすけ》の部屋になっていた。

「大丈夫よ、鍵なんか掛けなくて。こんな所に強盗なんか来ないって」

テレビから目を離さずに呟く母の前に、発泡酒の缶が二本。

「っていうか……あんた、来月ボーナス出るんでしょ？　テレビ新しいの買いなさいよ」

「何で私が買わなきゃいけないのよ」

「だって、パパの保険金もう無くなりそうなんだもの。あんたの他に誰が買えるのよ」

「知らないわよ、そんなこと」

冷蔵庫を開けて天然水のペットボトルを取り出しながら、ため息混じりに答える。

「前はもっと優しい娘だったのに……何でこんなに冷たくなったのかしらねえ」

里美が言葉ほど嫌味を言っているのではないことは知っている。

怜子の反論を期待しているのは見え見えだ。

一日の大半を室内で過ごす里美は、他人との会話に餓えているのだ。

だが、不毛な会話をする気力はない。

足早に自室のドアを開ける怜子の背後で、母が歳に似合わぬ若い笑い声を立てた。

里美は、もうじき五十八歳になる。

怜子の遠い記憶に、現在《いま》のような自堕落な母の姿は無い。

起床時にはすでに化粧で整えた母の顔があり、家の中はいつも整然としていた。

怜子や大輔の誕生日には手作りのケーキを焼いた。その均整の取れたプロポーションを生かし、決して高価ではない服をセンス良く身につけ、近所では評判の美人だった。

若い頃は芸能界に憧《あこが》れていたらしく、怜子を劇団に入れたのもそのせいだった。

物腰や言動も柔らかく、五十を目前にしても、里美はいつも控えめな美しさで輝いて見えた。

十二年前に父の孝之《たかゆき》が心筋梗塞《しんきんこうそく》で急死した時も、その美しさは失われなかった。

壊れたのは、二年前だ。

両親は、怜子が高校を卒業するのと同時くらいに別居を始めていた。

証券会社に勤めていた孝之が千葉の支店に転勤になったのが表向きの理由だったが、真相は知らされていない。

生活に困窮したわけではなかったが、孝之の死後、里美は介護ヘルパーとして働いていた。

けれど、二年前の冬、仕事からの帰宅途中に軽ワゴン車に自転車ごと撥《は》ねられた。命に別状はなかったものの骨盤を損傷。リハビリ入院が長引いたせいか、退院後は性格も変わり別人のようになった。

以前から口の悪いところはあったが、その言葉には優しさや明るさがあった。けれど、事故後はそれらに毒や鋭さが含まれるようになった。身体的にも右足に少し後遺症が残り、歩行時に引きずるようになった。

リハビリを続ければ完治すると診断されたにもかかわらず、リハビリ施設には途中で行かなくなり、ヘルパーの仕事も辞めた。化粧どころか入浴さえ嫌がるようになり、ソファに寝転んでスナック菓子を片手にテレビ三昧《ざんまい》の日が続いた。三食昼寝付きどころかトイレ入浴以外は歩かず、三食は四食になり、じきに六食になった。

結果、見事に太った。おそらく20キロ以上は増えただろう。白鷺《しらさぎ》がペンギンになったと親戚《しんせき》中で評判になったほどだ。

自立を目指して家を出ていた弟の大輔は、一年余りで生活に困窮し舞い戻ったが、母の変貌《へんぼう》ぶりに呆然《ぼうぜん》とした。

けれど、怜子はどこか安堵《あんど》していた。

初めて、里美の素顔を見たような気がしたからだ。

だが同時に、自分は里美のように心身ともに自堕落な女にはなりたくないと強く思った。

その時の思いは、今でも太ることへの恐怖となっている。

ため息を吐きつつ、コートを乱暴に放り投げる。

自室は六畳にも満たない。

だが、このスペースは怜子にとって唯一のオアシスだ。

本棚の上に、酉《とり》の市で買ってきた小さな熊手が立てかけられている。

他に装飾めいた物は一切ない。

怜子は、病室のように無機質で色のない部屋が一番落ち着くのだ。

空腹だったが、再びキッチンに向かうのは嫌だった。できれば大輔のように食事も自室で食べたいくらいだ。

大輔は夕方からコンビニのアルバイトに出かけ、夜中の3時頃に帰る。日中のほとんどは玄関脇の小部屋に籠《こも》ってゲーム三昧。滅多に外出はしない。怜子はここ何ヶ月も大輔と顔を合わせてはいなかったが、生存確認はできている。大輔は風呂《ふろ》にもほとんど入らないのか、部屋の周囲に独特な臭気が漂っているからだ。

〈あんたら、頼むからいい加減にしてくれ……〉

毎晩、怜子が頭の中で繰り返す台詞《せりふ》だ。

独立できないわけではない。アパートでもマンションでも借りることはできた。

それができない自分に腹を立てることもあったが、未《いま》だに実行できないでいる。

理由はひとつ。

里美を見捨てて行くようで後ろめたいだけだ。

メイクを落としただけで、シャワーも浴びずにベッドに潜り込む。

ドアの向こうから里美の声がしたが、無視して布団を頭から被《かぶ》った。

そのまま夢も見ずに眠り、5時きっかりに鳴ったアラームで怜子は目覚めた。

外はまだ暗い。

冷えきったダイニングに続くバスルームに入り、熱いシャワーを浴びると、昨夜の自分がリセットされるような気がする。この瞬間が、一日でもっとも幸せな時間だ。

里美も大輔も自室で寝ているこの時間は、ダイニングで少々物音を立てても二人とも起きてくることはない。

湯を沸かし、ドリップ珈琲《コーヒー》を淹《い》れ、カップ麺《めん》に湯を注ぐ。

今朝はチキン醬油《しょうゆ》味と味噌《みそ》バターの二つ。冷蔵庫から炭酸水のペットボトルを取り出し、それらをトレイに載せると自室に戻る。

熱い珈琲を半分ほど飲み終えると、カップ麺を交互に啜《すす》りながら、ベッド脇の収納ボックスから昨夜の買い物が入ったコンビニの袋を取り出す。

チキンナゲット、クリームパン、ポテトサラダ、苺《いちご》プリン。

それらを、何も考えずに胃の中に入れる。まだ10分も経ってはいない。

この過食の習慣は、もう二ヶ月ほど続いている。

摂食障害を発症した十九歳当時は、ひと月近く碌《ろく》に食事をせず拒食症と診断された。切っ掛けは、村雨マリとの確執だ。

食べ物を見ると、いや、考えるだけでも吐き気がした。

体重はみるみる減ったが、そのおかげでモデルの仕事は増えた。

元々小顔で痩《や》せていたせいか、体形の変化に気付く者はいなかった。

その後一年余りで克服した摂食障害は、警察学校に入ってからは落ち着いていた。

そのことからも、あの業界がいかに自分には合っていなかったかが分かる。

誰に相談することもなく警察官になろうとしたのも、おそらくあの業界に身を置いた反動だろう。安定した仕事に就き、早く自立したかった。

だが、気がつくと、また過食という形で再発していた。

満腹になると、気分が落ち着いた。

過食症を患うと、その殆《ほとん》どが食べて直ぐに吐き戻すという悪循環に陥るが、怜子は喉《のど》が細いせいか、吐く行為が苦手だった。

けれど、いくら食べても、何故か体重増加は僅《わず》かだ。

その増加が少しでも許容範囲を超えれば、丸一日何も食べなければ元に戻った。

ただ、その行為が明らかに異常であることは怜子にも分かっている。

そろそろやめなければならないと思いつつ、帰宅すると我慢ができなかった。

そして、家族はもちろん、中谷も含む他人の前では小食を心がけている。気取っているわけではない。怜子なりの体重管理だ。

里美のようには死んでもなりたくないからだ。

その反動で、一人になると食べたい物を好きなだけ食べる。

幸い、胃腸に病的な症状を感じないことも、止められない原因のひとつだった。

ただ、四年前に拒食症を発症した時は、貧血で倒れることがあり、休職せざるを得なかった。

マリの事件を知らなかったのは、テレビもネットも見ずに部屋に引きこもっていたせいだ。

一時間後、三和土《たたき》で靴を履いていると、いつもはまだ寝ているはずの里美の声がした。

「ねえ、夕方には仕事終ってるんでしょ？」

玄関脇の部屋の中では大輔が寝ている時間だ。

「たまには早く帰って、夕飯作ってくれない？」

返事もせずに外廊下に飛び出すと、ドアが閉まる瞬間、一層高い声が聞こえた。

「ゴミ持ってってよ！」

ふざけんな……。

最悪の朝だ。

バス停に向かって歩きながら、年が明けたら部屋を借りようと、怜子は強く思った。

他の二人よりも遅れてデスクにつくと、原田が嬉々《きき》とした顔で近寄って来た。

横沢は定例の係長会議に出席しているとのことだった。

「昨日センパイが見ていた事件のこと、ちょっと下の人に訊《き》いてみたんすよ」

下の人とは、一課の知り合いの刑事のことだろう。

原田は、少し歳上の刑事や事務方のおばさまたちに取り入るのが得意だ。

だが、捜査資料以上に、何があるというのか。

怜子は引き出しからファイルを取り出した。

「これの事？」

「あ、やっぱり何か気になってたんすね」

「別に……」

今日中には入力を済ませ、早く忘れてしまいたかった。

けれど、忘れようがないことを、本当は自分が良く知っている。

忘れたいなら、昨夜のようにその資料を自分のタブレットに保存などしてはならないのだ。

つい、原田と視線を合わせてしまう。

「だったら、何？」

　怜子の反応に気を良くした原田が、少し顔を近付けて来る。

「実はですね……大きな声では言えないんすけど、あのモデルを殺害したっていう男、実はアリバイがあったらしいすよ」

「え……アリバイ？」

　思わず怜子が声を大きくすると、原田がファイルを開いて被疑者の顔写真を指した。

「この男、犯行時間の夜は別の女と一緒だったらしいんすよ」

「別の女？」

「こんな地味な顔してるのに、やるもんすよね。もっとも、その女っていうのが二十歳近くも歳上のスナックのママらしいっす。どっかで聞いた話ですよね……」

　二十歳上となると、事件当時の四年前でも五十は過ぎている。怜子の母の里美とそう変わらない年齢だ。

「そのママが、事件後に所轄に出頭して証言したらしいんすけど、めっちゃ精神的に問題があるらしくて、誰も相手にしなかったんだそうですよ」

「問題って……？」

「虚言癖とか何とか……妄想とか……？」

「じゃあ、確実なアリバイとは言えないわね」

　怜子はファイルを改めて読み直す。

《……山科智己（三十二歳）録音スタジオ経営・音楽プロデューサー。

被疑者は、数年前から被害者と不倫関係にあった……港中央署の刑事四人が目黒の自宅に向かい、重要参考人として本人に任意同行を求めたが、被害者とは面識がないと犯行を否定。その後捜査員を突き放して屋外へ逃亡……》

ファイルの文字を目で追いながら、その男の顔写真を改めて見る。

録音スタジオを経営し、自らも音楽プロデューサーを務めていたというが、その職業からイメージする雰囲気とは少し違って見える。

「この容疑者とマリ……被害者は、本当に不倫関係にあったのかな」

「そこなんすよ、僕も気になっていて。どう見ても音楽プロデューサーって感じじゃないなあって」

顔立ちのことではない。どこか腺病質《せんびょうしつ》で、音楽業界に身を置いていたにしては世慣れた感じが全く見られないのだ。

「こんな地味な男と付き合いますかね。モデルって、相当モテるでしょ？　芸能人とかスポーツ選手とか、よりどりみどりじゃないすかね」

惹《ひ》かれる相手は歳とともに変化するとは言うけれど、マリの恋愛相手としては、あまりにも考えにくい。

原田が言うように、山科という男の恋人としては、マリより五十過ぎのママの方がしっくりくる。

「……そうかもね」

だが、マリの好みは、原田が言う芸能人やスポーツ選手のような華やかな世界の男ではなかったはずだ。もの静かで知的で……もっと爽《さわ》やかな風貌《ふうぼう》の持ち主……。

「でしょ？　だから、アリバイを証言したって言うオバはんの言うことの方が、何か本当のように思えるんすよね」

「そのママって、どこの誰……それに、何でその記録がないわけ？……そんな証言があるなら、何でお蔵入りになっちゃったんだろう」

思わず呟《つぶや》いた言葉に、怜子自身も驚いた。

え……？　と、怪訝《けげん》な顔付きになる原田に慌てて告げる。

「あ……いや、ちょっと気になって」

一瞬、原田が黙り、探るような目つきになった。

「やっぱり……いえ、センパイ、昔モデルやってたって聞いてたし、その資料に興味アリアリの感じでしたもんね」

原田は、意外に油断のならない男かもしれない。

「昨日のうちに処理できるのに、まだ手元に置いてあったし」

原田も一応刑事であることを思い出す。

「この被害者……昔の知り合いなのよ」

「マジで？　そりゃ、ヤバいッすね」

途端にウキウキした声を出す原田を見て、怜子は失言を後悔する。

〈よりによって、コイツにバラしてどうする……〉

「そりゃ、気になりますよね。アリバイが本当だったら、真犯人は別にいるってことですもんね……」

原田は一瞬だけ天井を見上げ、しんみりと言った。

「きっと、その被害者が、センパイに犯人を捕まえてくれって言ってるんだと思うなあ」

「いや、そういうことじゃ……」

苦笑する怜子を他所《よそ》に、原田は嬉々とした目を向けて言った。

「調べましょうか、僕」

「え？」

「センパイも調べるつもりだったんでしょう？　手伝いますよ、僕」

原田の目が更に輝いた瞬間、ドアが勢いよく開いて、横沢が戻って来た。

一瞬で室内の空気が変わり、原田が素早く席に戻ると、横沢が近付きながら軽く笑った。

「あんたたち、余計なことには首を突っ込まない方がいいわよ」

あたしみたいになるから……と、横沢は小さく付け加えた。

捜査　II

吉沢晴美《よしざわはるみ》。現在五十六歳になる女が経営するスナックは、世田谷区の三軒茶屋《さんげんぢゃや》で今も営業を続けていた。

原田がその情報をメールで知らせてきたのは、翌日の朝だった。

最近の日課になってしまった過食中にスマホが鳴り、怜子は慌ててパンを齧《かじ》る手を止めた。

《……聞き込みはセンパイにお任せします。がんばってください！》

時計を確かめると、まだ日が昇ったばかりの6時少し前だ。

何もこの時刻にメールしなくても良いと思うが、とりあえず了解の返信をする。

情報の入手相手は、原田が言う〈下の人〉以外には考えられないが、それなら昨夜のうちに知らせてくるのが普通ではないのか。

その疑問は登庁してすぐに分かった。

「原田は欠勤。体調不良だそうだけど、あの声の調子じゃ二日酔いだわね。どうせ夜中まで飲んだくれてたのよ」

横沢が、息子の愚行を嘆く母親のような調子で言った。

原田は〈下の人〉と酒を飲んで情報を得たに違いない。怜子はこっそりと苦笑した。

熱意は有り難いが、体力は見かけ倒しかもしれないと、怜子が早退を申し出ると更に倍増した。

横沢の不機嫌さは、怜子が早退を申し出ると更に倍増した。

「まあ、こんな部署だからいいようなもんだけど、原田も比留間も少し気が緩んでるんじゃないの？　一応、刑事なんだからさ……」

三人だけの部署だ。一人減ると、やけに静かになる。

横沢は世間話の相手を失い、恐ろしく速いスピードでキーを叩《たた》き始めた。

おかげで怜子の仕事もはかどり、予定より2件多い入力を済ませた。

当てつけかどうかは分からなかったが、昼休みが近付くと、横沢は午後の分の資料を大量に棚から出し始めた。

「比留間も早退しないで付き合うなら、昼ご飯奢《おご》るわよ」

「いえ、今日はお先に失礼します」

横沢の白い目に視線を合わせず、挨拶《あいさつ》もそこそこに資料室を飛び出した。

エレベーターでロビーに降りた途端、私用スマホがコートのポケットで鈍い音を立てた。

《8時には帰れるけど、メシ作ってくれる？》

中谷からのラインだ。両手を合わせてお願いするオッさんのスタンプ。

本部庁舎からほど近い神楽坂《かぐらざか》のマンションに、中谷は一人で住んでいる。

三年前までは、元の家族との暮らしがあった部屋だ。

どの部屋にも、親子三人の暮らしの名残があちらこちらに感じられる。

ゴミが散乱しているキッチンを除けば、元妻と娘は昨夜出て行ったと言われても信じてしまいそうだ。

中谷はこの三年間、模様替えや家具の入れ替えなどはしていない。

その部屋に、怜子は十日に一度の割合で訪れていた。

付き合い始めた頃は、その雰囲気が気になり複雑な思いにかられた。

だが最近は、元妻が残していったというアロマキャンドルにも、抵抗なく火を点《つ》けることができる。

慣れとは本当に恐ろしいものだ。

〈慣れではなく、自己防衛のための逃避……？〉

本音を探れば、そんな気取った言葉が浮かんで来る。

中谷と過ごす時間はそれなりに楽しいが、今はそれより大事なことがある。

断りのスタンプを送り、怜子は地下鉄への階段を下りた。

「モナムール」という店は、すぐに見つかった。

三軒茶屋駅南側の、古くからある飲屋街の中だ。

まだ昼の1時前だったが、塗料が剝《は》げかかった緑色のドアに、営業中の看板がぶら下がっている。

スマホで検索した営業時間は11時から16時。夜は19時から25時とあった。

スナックと言えば夕方から深夜にかけての営業が主流だが、最近では昼の時間帯に営業する店も多い。

不景気というより、殆《ほとん》どの客がスナックに通い慣れた高齢者だということもある。

怜子は今までスナックには出入りした経験がなかった。

少し緊張気味にドアを開けると、店内は思ったより広い。

予想どおり、客が歌う調子の外れた歌謡曲が響いている。

ボックス席から、マイクを持つ老人の他にも三つの顔が一斉に振り向いた。思ったとおり年齢層が高い。

すぐに立ち上がったのは、ラメ入りのセーターを着た太った中年女だ。

「いらっしゃいませ……お一人？」

厚化粧の笑顔の中に、明らかな戸惑いが見える。

若い女が一人で入るような店ではない。ボックス席の客たちも、興味津々の顔付きで怜子を見ている。

「こちらのママの吉沢晴美さんですか？」

「ええ……そうですけど」

「ちょっと伺いたい事がありまして……」

怜子が取り出した警察手帳を見て、晴美は笑顔を消してため息を吐いた。

「……またですか」

カウンターの端に怜子を誘《いざな》うと、隣のスツールに腰を下ろし、背後のボックス席を気にしながら小声を出した。

「隣の店がまた通報したんでしょう？　あたしも大家に掛け合ってるんだけど、これ以上の防音装置なんかできないって言うのよ」

「え……？」

「……違うの？」

怜子は鞄《かばん》からタブレットを取り出し、カウンターに置いた。

「四年前の事件のことです」

タブレット内の男の顔写真に、晴美は目を見開いた。

「今更……何？」

「この男性のアリバイを証言したというのは本当ですか？」

晴美は頷《うなず》きながら、「誰も信じちゃくれなかったけどさ」と、煙草を取り出した。

「あの事件のあった時、山科さんはママさんと一緒だったんですね？」

「そうよ、あの日はここの定休日だったから、二人でゆっくり飲もうってことになって……」

低く言うと、ボックス席に振り向き声を上げた。

「ねえ、悪いけどこれで閉めさせてもらうわ。今日はあたしの奢《おご》りよ」

晴美が言うまでもなく、様子を察した客たちはすでに腰を上げていた。

客の男女三人が気まずそうに出て行くのを見送り、晴美は再び言葉を続けた。

「何か仕事がうまくいったとかで、珍しくワインなんかも飲んで、カラオケで楽しそうに歌ってたわ……」

「何時から何時までですか？」

四年前の村雨マリの死亡推定時刻は22時から23時の間だ。

「夜の7時過ぎから12時過ぎまでよ。いつもは二階に泊まっていくんだけど、あの日は奥さんからうるさく電話が入ってさ」

忌々《いまいま》しそうに、まだ火を点けていない煙草を指で弄《もてあそ》んだ。

「その間、山科さんは外には……」

晴美は即座に首を振った。

「ずっと一緒にここにいたわよ。あのモデル女が殺された時間って、12時前だって言うじゃないの。あの人には殺したくても殺せないわよ」

第一……と、晴美は怜子に詰め寄るように顔を近付けた。

「あの人が、あんな若い女とデキてたなんてウソなのよ」

瞬間、言葉に詰まって晴美の目を凝視すると、晴美はふふんと鼻を鳴らした。

「あのね、世の中すべての男が、あんたみたいに若い女が好きだとは限らないのよ」

「……もちろんです。でも、あの被害者の名前を山科さんから聞いたことはなかったですか？　仕事関係の知り合いだったとか」

山科は音楽プロデューサーだ。アパレルメーカーのファッションショーの企画などにも参加していた可能性はある。

だが、晴美は即座に首を振った。

「一度もないわ。もし知っている子だとしても、ただの知り合いだったんじゃないの？　変な関係だったら、あたしに隠すはずがないんだから」

意味が理解できずに怜子が少し黙ると、晴美がニヤリと黄ばんだ歯を見せた。

「分かんないでしょう？　普通の男なら、他に女がいたら隠すわよね。でもあたしたちは、ただの男と女の関係だったんじゃないのよ。二十歳も歳が離れてたから、まあ、あたしは母親でもあったということよ」

自分に納得させるかのように言って、晴美はようやく煙草に火を点けた。

はあ……としか言えない。

複雑な男女の機微は、怜子には難し過ぎる。

「知り合った切っ掛け、話そうか？」

「あ……それは大丈夫です」と、即座に断る。

晴美は少し不満そうな顔をした。

「それで、最後に山科さんと会われたのはいつですか？」

「あの夜が最後よ……泊まっていけば疑われなくて済んだのに」

「山科さんは、まっすぐご自宅に帰られたんでしょうか？」

「知らないわよ、そんなこと。でも、そうなんじゃないの？　事件は次の日の夕方のニュースで知ったけど、まさかあの人が疑われるなんて……」

「山科さんの名前が出るまでは知らなかったんですね？」

晴美は、ニュースで山科の顔写真を見て仰天し、すぐに近くの交番に駆け込んだという。

「顔見知りのお巡りが港中央署に連絡を入れたら、すぐにパトカーが迎えにきたわよ」

そこまでは良かったのよ……と、晴美は嫌な顔になった。

「あのお巡り、余計なことを言ったみたいで、刑事たちに何度も同じことを聞かれた上にセラピストまで現れて……」

怜子は、原田の言葉を思い出す。

《そのママが、事件後に所轄に出頭して証言したらしいんすけど、めっちゃ精神的に問題があるらしくて、誰も相手にしなかったんだそうですよ》

目の前にいる晴美に、精神的疾患があるようには見られない。

「余計なことって……？」

「隣のババアよ。うちのカラオケがうるさいって通報したり、ゴミの出し方がどうのって難癖つけるから怒鳴り込んで行ったのよ。そしたら、被害妄想だって、人を異常者扱いしてさ。僻《ひが》んでるのよ、うちの方が繁盛してるから」

隣も似たようなスナックだったことを怜子は思い出した。

「他に誰か、アリバイを証明してくれる人はいなかったんですか？」

「店が休みだから、二人きりで飲めたのよ。あの人のことは誰にも言ってないもの。一応、不倫の関係だし……」

当然でしょう？　という顔で、晴美は自嘲《じちょう》気味に笑った。

「でも、今でも不思議なんだけど、あの夜は奥さんが10分置きくらいに携帯に電話してきたのよ。毎週あの人は外泊してたんだから、奥さんも薄々浮気に気付いてたと思うけど、今まであんなにしつこく電話が掛かってくることなんて無かったのよ……変でしょ？」

「山科さんは、その電話について何か言ってませんでしたか？」

晴美は首を振って、短くなった煙草を灰皿に押し付けた。

「あたしに遠慮してたんじゃない？　あたしだって、そんなこと聞かないわよ」

はあ……と、また怜子は曖昧《あいまい》な声を出した。

〈そういうものか……？〉

「で、あの事件、再捜査することになったの？」

「あ……捜査はもちろん続いていますけど、有力な情報がなくて、ママさんにもう一度ちゃんとお話を伺うようにと……」

一応、港中央署や捜査一課にも担当刑事はいることになっている。だが、彼らが迷宮入りとなった事件を本気で再捜査する動きなどはないはずだ。凶悪犯罪は毎日のように起きている。過去の解決不可能と思われる事件は、いつの間にかファイルの山に埋もれてしまう。

「あの人の無実が証明されるなら、あたし何でも協力するわよ。本当に若い女って薄情よ。あの人の奥さん、もう再婚したらしいわよ……」

これ以上留《とど》まれば晴美の愚痴を聞かされることは必至だと思い、怜子は礼を言って席を立った。

背後で一度閉めたドアを再び開けて、晴美は少し赤い目を怜子に向けた。

「刑事さん、何か分かったらあたしにも知らせてね。ずっと忘れたいと思ってきたけど、駄目なのよね」

思ったより、あたし、あの人が好きだったみたい……と、晴美は少女のように頬を赤らめた。

日暮れにはまだ時間があった。

三軒茶屋の北側に向かい、怜子は珈琲《コーヒー》のチェーン店に入った。

すでに一日分のエネルギーを使い果たしたように、ソファに背を預ける。

自分は何をしているのだろう……。

勢いで吉沢晴美に会いにきたものの、怜子に明確な捜査計画があったわけではなかった。

晴美の証言が真実ならば、マリは誰に殺されたのだろう。

殺されるほど誰かに憎まれていたのか……。

その後のマリを見て来たわけではない。

時が変われば人も確実に変化する。

あの時のマリがそのままの姿と心で、四年前まで生きてきたわけではないだろう。

自分自身の時間を振り返れば、怜子にもそれくらいの想像はできる。

記憶の奥底に沈めていたその面影が、やはり自分にとって大きな存在だったということを思い知らされる。

確かにマリという女の内側は、粘着質な一面があった。

それが、怜子の人生に大きな影響を及ぼしたことは確かだ。

その姿の断片を思い返していると、テーブルの上に置いたスマホの画面が光った。

また原田からのメールだ。

《山科の転落死の責任を追及されて辞職した、元刑事の情報を送ります》

急いで添付されたファイルを開くと、地味な顔立ちの警察官の写真が現れた。

大庭《おおば》健一《けんいち》・当時三十七歳。元港中央署刑事課の巡査。四年前に依願退職。原田の調べによると、現在は渋谷《しぶや》区東《ひがし》のＪＭ警備会社勤務とある。

一昨日《おととい》の、中谷の言葉を思い出す。

『ああ……思い出した。被疑者が転落死したのは所轄の刑事が強引に詰め寄ったせいだって……確か、その刑事は責任を取らされて辞めたんじゃなかったかな』

怜子はタブレットを取り出し、保存していた捜査資料を改めて読み返した。

《……港中央署の刑事四人が目黒の自宅に向かい、重要参考人として本人に任意同行を求めたが、被害者とは面識がないと犯行を否定。その後捜査員を突き放して屋外へ逃亡。マンション七階部分の外階段で捜査員ともみ合う中、誤って一階の中庭に転落。搬送された東青山病院にて死亡が確認……》

〈もみ合う中、誤って一階の中庭に転落……？〉

事故であっても、被疑者を確保する前に死亡させた捜査本部の責任は大きい。被疑者と格闘した刑事一人を辞職させ、上は責任逃れをしたということだ。辞職こそ迫られはしなかったが、自分も同じようなものだ。

怜子は、写真の生真面目そうな顔をしばらく見つめ、席を立った。

早足で駅に向かう。三軒茶屋から渋谷までは電車で5分だ。

スマホでルートを確認すると、警備会社までは渋谷駅から徒歩10分とある。勤務形態は不明。だが、元警察官を雇うのだから事務職とは考えにくい。おそらく出向という形で企業等の警備員として働いているに違いなかった。

怜子の予想通り、大庭が在籍する警備会社は、いわゆる警備関係の人材派遣会社だった。

古い雑居ビル内の事務所に入り、席を立って迎える男に警察手帳を提示すると、あっさりと大庭の派遣先を教えてくれた。

「別に、事件とかではありませんから。警察にいらした頃の仕事の引き継ぎに不足が生じたもので……」と、怜子が気を遣う必要もなかったくらい、会社の態度はぞんざいだった。「うちは斡旋《あっせん》してるだけなんで……」と、すぐに男は背を向けた。

個人情報の管理が厳しい現代に、まだこんな雑な会社があるのだと驚いたが、おかげで時間をロスすることなく、怜子は教えられた「タイタニック産業」という会社に向かった。

渋谷の繁華街を抜けた神泉町《しんせんちょう》の裏通りに、その会社はあった。

渋谷の騒音を他所《よそ》に、静かなシャッター街が続いている。

人通りも疎《まば》らだが、日が暮れれば一斉に灯《あか》りが点《とも》り、仕事帰りの客や渋谷から流れてくる若者たちで賑《にぎ》わう飲食街だ怜子は一階が居酒屋になっている五階建てのビルの前で足を止めた。

エレベーターのあるエントランスのプレートには、二階から上は全て「タイタニック産業」とある。

ホームページにある会社概要には、輸入食品販売とあった。

二階の事務所で応対した女事務員から、大庭の出勤時間は午後6時だと聞いた。

予想していた通り、夜間の警備だ。

警備員という職種で契約しておきながら、警備以外にも別の手作業の人員にあてる会社もある。

その作業手当ては派遣会社を通すことはなく、賃金は直接キャッシュで手渡されることもあるという。俗に言う〈取っ払い〉だ。

特に、外国人労働者を積極的に雇い入れる会社に多い実情だと聞いたことがある。

そのことを思い出し、夜間に限らず大庭が会社にいることを期待していたが、出勤時間の18時まで待つしかなかった。

スマホで時刻を確認する。

その時刻まで、まだ二時間もあった。

どこかのカフェで待機するしかないと渋谷駅方面に歩き出した時、鞄《かばん》の中の私用スマホが音を立てた。

中谷だ。珍しくメールではない。

『どうした？　早退なんて珍しいじゃないか。風邪でも引いた？』

「それ、こっちのセリフなんだけど……何？」

少し嬉《うれ》しかったが、突っけんどんな返事をする。

『いや。さっきのメール、何だか怒ってたみたいだからさ』

「別に……ちょっと忙しかったのよ」

ふうん……ま、いいや、と電話が切れる。

中谷はいつもこうだ。真意がどこにあるのか怜子には摑《つか》めない。

言葉を重ねるほど、正体が逃げて行く。

おそらく怜子が考えるほど意味はないのかもしれないが、つくづく面倒な男と関わりを持ってしまった自分の不運を呪う。

だが、母の里美を捨てられないように、中谷との縁も捨て切れないでいた。

そういう自分の曖昧《あいまい》さが嫌になることもあるが、他人と共に生きるとはこういうことなのだろう、とも思う。

スクランブル交差点近くの商業施設に入り、久しぶりに服などを眺めて時間を潰《つぶ》し、17時半過ぎに神泉町に再び足を向けた。

思った通りシャッター街には灯《あか》りが幾つも見られ、人通りも増えている。

先刻向かったビルに近付くと、反対側から来る人波の中に、写真で見た男が歩いて来るのが見えた。

特に特徴があるわけではなかったが、若い男女の人波の中では、地味なダウンコート姿が却《かえ》って目立っていた。

「大庭さんですか？」

駆け寄って声をかけると、男は驚いた様子もなく足を止めた。

「だから、俺には保険なんて必要ないって……」

「え？　あ……違うんです」

すぐさま提示した警察手帳を見て、大庭は驚いた顔になった。

「警察？　何だ、いつもの保険の営業かと思った」

しつこくてさ……断るとすぐに別なヤツが勧誘に来る、と大庭は笑った。

「で、警察が俺に何の用だ？　元警察官の再就職先の調査とか？」

一見どこにでもいそうな風貌《ふうぼう》だ。だが、その目に鋭い光が宿っている。

くだけた口調の割にはリズムが悪く、それは男の緊張を表していた。

「いえ、大庭さんが以前担当していた青山の事件のことで伺ったんです。少しお時間を頂けないでしょうか？」

大庭の顔に少し嬉しそうな色が走るのを、怜子は見逃さなかった。

神泉駅近くのファミレスで大庭と向かい合ったのは、それから数十分後だった。

怜子は改めて名刺を差し出し、深々と頭を下げた。

「申し訳ありません。お仕事の邪魔をしてしまって」

あのビルの警備は二人ずつの担当で、六時間ごとの交代制だという。

大庭は相方の警備員に断りを入れに一度ビルに向かい、怜子は指定されたファミレスで大庭を待ったのだった。

「相方とはお互いさまだから平気だよ。金融会社じゃないし、警備なんて二人も要らないんだ」

バレたとしても警察みたいにクビってことはないし……と、自嘲気味に笑い、大庭はダウンコートを脱いだ。

中に紺色のスーツを着込んでいる。

怜子の意外そうな表情に気付いたのか、大庭がまた少し笑った。

「もちろん警備服には着替えるけどさ……こういう格好で出勤しないと働く気になれないんだよ」

ところで……と、改めて手元の怜子の名刺に目を落とした。

「資料管理係……君って、一応刑事なんだよね？」

「はい。一応……」

「あの事件、再捜査してるってこと……じゃないみたいだな」

正式な捜査ならば刑事が単独で現れることはないことを、もちろん大庭は知っている。

怜子は、偶然目にした捜査資料に多くの疑問を持ったことを話した。

「山科が転落した時の状況を詳しく教えてもらえますか……なぜ大庭さんは責任を取らされたんですか？」

大庭は少し黙り、大きく息を吐いてから口を開いた。

「あの日、捜査会議の後すぐに相棒と他の班の刑事二人と山科のマンションに向かったんだ……」

目黒川沿いの七階建てのマンションの最上階に、山科の部屋はあった。

音楽プロデューサーという職業柄早朝の出勤はないと判断されたが、仕事場である青山のスタジオには朝から他の捜査員たちが張り込んでいた。

大庭たち四人は、エントランス内に常駐しているコンシェルジュに手帳を提示し、山科宅に向かった。

インターホンに最初に応答したのは妻の美咲《みさき》だった。

カメラに向かって手帳を提示すると、明らかに動揺した美咲の声の背後で、男の声が聞こえ、少ししてドアがゆっくりと開けられた。

山科は、まだパジャマ姿だった。

その表情に、怯《おび》えた様子は見られなかった。

『ファッションモデルの村雨マリさん、ご存知ですよね？』

はあ……？と、山科は首を傾げた。

『昨夜、村雨さんが殺害された件で、お話を伺いたいのですが』

山科の目が見開かれた。『え……サツガイって？』

「誰のことだ、とは訊《き》いてこなかったから、ガイシャを知らないと言った言葉は嘘だと思う……だけど」

大庭が少し遠くに目を向けた。

「あの時の山科が演技しているようには、俺には見えなかった」

「でも、逃げようとしたんですよね？」

大庭はドアの内側に身体を入れた。

背後にいた相棒の刑事が言い放った。『山科さん、覚えがあるでしょう？　署でゆっくり話してもらいますよ！』

次の瞬間、山科は顔色を変えて叫んだ。『お、俺は知らないっ！　そんな女知らないし、俺は関係ないっ！』

叫びながら後ずさりする山科の腕を押さえて、大庭と相棒がドアの外まで引きずると、半狂乱になった山科が背後にいた刑事たちを押し退け、非常階段の扉から外階段に走り出た。いち早く追いかけた大庭は数段下の踊り場で山科の背に飛びつき、続いた三人も押さえ込もうとしてもみ合いになった。

「俺が山科の胸ぐらを摑んだ瞬間、山科の身体がいきなり浮き上がって、あっという間にコンクリートの外壁を跳び越えて行ったんだ」

「え……浮き上がったって？」

「他の三人のうちの誰かが足を持ち上げるようにしたんだと思う。もちろん、両足を抱え込もうとした弾みだと思うけど」


外壁の外側に飛び出した山科は、そのまま七階下の中庭に落下した。

コンクリートに叩《たた》き付けられた山科は、二度と動かなかった。

解剖の結果、死因は腹腔内出血による失血死。

被疑者のままで山科は死亡し、その後の捜査に進展もみられなかった。


「山科はパジャマ姿で、裸足《はだし》だったんですよね……犯人《ホシ》だとしてもそんな行動って……」

「そうなんだ。山科はもしかしたら……」

「……クスリ!?」

怜子が驚きの目を上げると、大庭がその視線を捉《とら》えて頷《うなず》いた。

「解剖には回されなかったから、証拠はないけどな」

山科に薬物使用の嫌疑がかけられていたわけではない。

「仮に山科がヤク中だとしても、村雨マリにもその疑いがなければ、二人の密接な関係を証明する材料がないしな」

二人とも死んでしまった今では、二人が違法薬物で繋《つな》がっていたとしても、もはや証明しようがない。

「山科の妻や、二人に共通する関係者はどんな証言をしたんでしょうね。そういう一切が、この捜査資料には記載がないんです」

怜子は、タブレットを大庭に向けて差し出した。

「見せていいのか？　俺はもう一般人だぜ」

ニヤリと笑って、大庭は画面をスクロールさせた。

「……しかし、この事案を何でまたほじくり返そうとしてるんだ？」

怜子は言葉に詰まった。

大庭は顔を上げて、じっと怜子の目を見た。

「君は、ガイシャと何か因縁でもあるのか？」

〈ああ……そうだった〉

大庭も元は刑事だったと、怜子は改めてその目を見る。

「因縁というほどのことは……ただ、十二年前までは姉のように思っていた人ですから」

怜子は自分と村雨マリの関係を語った。

もちろん、全てではなかったけれど。

興味深げに聞いていた大庭が、少し考える素振りを見せてから言った。

「じゃあ、刑事としてもこのままお蔵入りにするわけにはいかないよな……」

大庭の言葉に頷いたけれど、刑事としての使命感ではない。

けれど、大庭はそう解釈したのか、少し口元を緩めて頷いた。

「俺は、その刑事魂を全《まっと》うすることができなかった。だが、君にはまだチャンスがある」

刑事魂……。

大庭は自分より九歳上だと記憶している。

まだ四十を過ぎたばかりだというのに古参の刑事のような物言いをする大庭に、怜子は何故か好感が持てた。

「山科は、本当にマリを殺したと思いますか？」

大庭は目を伏せて、しばらく黙った。

「ヤツはやってないと思う」

そう言うと、自分に納得させるように二度頷いた。

「そもそも、何故山科に容疑がかけられたのか、俺たちには知らされていなかったんだ」

「え……どういうことですか？」

捜査資料によれば、事件のあった翌朝8時に港中央署に捜査本部が設置されたとある。

事件発覚は前夜の22時過ぎ。

被害者は検視後すぐに司法解剖に回され、明け方に死因は特定された。

けれど、その数時間後の8時半に開かれた会議で、すでに被疑者が特定されていたというのは、どう考えても不自然だと思ったと、大庭は言う。

「そもそも夜中に起きた事件の捜査会議は、普通は翌日に開かれるだろ？　凶器が見つかったわけでもないし、あの時点での重要参考人だったら、ガイシャの周囲には他にもいたと思う」

「防犯カメラから割り出したとか？」

犯罪捜査の解決に防犯カメラの役割は大きい。

「いや、マンションや周囲の防犯カメラに怪しい人物は映っていなかったそうだ」

でも……と、大庭は眉根《まゆね》の皺《しわ》を深くした。

「ガイシャに刺し傷が見つかった深夜から捜査会議までは数時間しか経っていないんだ。映像を回収できたとしても、解析までは時間がないじゃないか」

言われてみれば不自然だ。

「じゃあ……誰かからのタレコミがあったとか……？」

「そこなんだ。匿名や一般人のタレコミだったら、そんなに早く被疑者扱いにはしない」

タレコミは捜査の糸口になる可能性も考え、一応出所の裏取りはするものだ。

匿名だとしても今は電話の使用者も割り出せるし、公衆電話からなら、周囲の防犯カメラから通報者を特定することもある。

「どっちにしても、そんな時間はなかったはずなんだ」

大庭は、ようやく怜子と目を合わせた。

「考えられるのは、山科と何かしらの繋がりを持つ……」

「警察関係者？」怜子が言葉を継いだ。

「当時の捜査員は、誰も疑問に思わなかったんですか？」

「少なくとも、俺が疑問に思ったのは警察を辞めてからだ」

言葉の端には悔しさが滲《にじ》み出ていた。

たとえその時点で疑問に思う捜査員がいたとしても、捜査を指揮する上の連中に問い質《ただ》す者はいるだろうか。

怜子は捜査会議の場の独特な緊張感を思い出す。

あの場では、各班に与えられる仕事に関係する事以外に口を出すことは御法度だ。与えられた捜査に結果を出すのが捜査員、つまり刑事の仕事であり、その結果を繋ぎ合わせて解決に導くのが管理官などの司令塔の役目だ。

目撃者や確実な物的証拠がなければ、被疑者を特定するには最低でも数日は要することが多い。

「確かに、スピーディー過ぎますよね」

「それに、山科とガイシャが不倫関係にあったことをリークしたのが誰かも知らされてなかったんだ。関係者の洗い出しから判明されたっていうだけで……」

大庭はまた眉間《みけん》の皺を深くして考え込んだ。

「そのことに関係するんですけど……山科のアリバイを訴えた女性のことはご存知ですよね？」

「ああ、愛人関係にあったっていうスナックのオバちゃんだろ？　ちょっと妄想癖があるからって、誰も相手にしてなかったようだな。交際の事実を証言してくれる人もいなかったようだし」

それが……、と怜子は先刻面談したスナック「モナムール」のママの吉沢晴美の印象を話した。

「あのママさんは、嘘を言っているようには見えなかったんです」

「だったら、山科とガイシャが愛人関係にあったという証拠を見つけることが先決だな」

大庭は、嬉々《きき》とした顔を見せて、「俺も手伝うしかないな」と笑った。

「は？」

「は、じゃないだろう？　俺を引き入れるために来たんじゃないのか？　電話でだって済んだのに、こうして直接来たわけだろ？」

「あ、まあ……」

そんなつもりではなかったが、怜子は曖昧《あいまい》に笑った。

「俺だって、あの事件に決着をつけたいんだ。君と同じようにな」

晴れ晴れとした表情になり、大庭はようやくメニューを取り上げた。

大庭は警備会社の仕事を週末から休むと言った。

『元々、非正規の社員だ。クビになったらなったで、その時に考えるさ』

カレーの大盛りを食べながら他人事《ひとごと》のように呟《つぶや》く大庭は、怜子が知る初めてのタイプの男だった。歳が離れているのもあるが、その大らかな性格は、怜子に安心感を与えてくれた。父のように、と言うには若過ぎたけれど。

帰宅して母といつもと変わらぬ会話をし、洗面を終えてベッドに入ったのはまだ21時前だった。

久しぶりの初対面の他人との面談は、思ったよりも体力を奪われた。

おかげで母との応酬もどこか上の空で、「あんた、どっか具合でも悪いの？」と里美が怪訝《けげん》な顔を向けてきたくらいだった。

今朝開けた緑茶のペットボトルの飲み残しを口に含み、少し興奮気味の頭を鎮めた。

こういう展開は想像してはいなかった。

ただ、大庭が言ったとおり、自分もマリとの過去に決着をつけなければならないのだと改めて考えた。

日記　I

死んであげようか？
彼の怯《ひる》んだ目をじっと見つめて、もう一度ゆっくりと言ってみた。
死んであげようか……？
ロックグラスを持つ手を宙に留めたまま、彼はやがて笑みを浮かべた。
もう脅しには乗らないよ。
その語尾がわずかに震えていることに、私は絶望する。
彼の望みは、やはり私の死だ。
不自然な沈黙を埋めるように、彼はグラスを回して氷の音を立てた。
ベランダから飛び降りようか？
ここから落ちたら即死だね。
彼は私から目を逸《そ》らした。
やめろよ、そんな嫌味……その気もないくせに。
まだ口もつけていないグラスを置いて、彼は腰を上げた。

想像どおりの展開は、いつかどこかで観た喜劇の芝居に似ている。
私は女優で、その喜劇のヒロインだ。
相手役の、彼の背中に言ってみる。
大丈夫よ、毒なんか入れてないから。
ドアノブに伸びた手が止まり、初めて見る形相で彼が振り向いた。
おまえ、いいかげんにしろよ！
あの陳腐な芝居の展開にそっくりだったが、ちょっと嬉《うれ》しかった。
彼が初めて、私を「おまえ」と呼んだから。
けれど、そのことに、彼はまったく気付いてはいないようだった。

捜査　Ⅲ

大庭と会った翌朝、怜子は登庁するなり横沢に休暇願を提出した。

「明日《あした》から一週間か……旅行にでも行くの？」

横沢は訝《いぶか》るような目で怜子を見上げたが、母親の具合が悪いと言うと、思ったよりあっさりと承諾した。

「暇だしね。ま、いいわよ」

隣でパソコンの打ち込みをしていた原田の手が一瞬止まったが、何も言わずに指を動かし続けていた。

けれど、怜子が思ったとおり、昼休みに外に出た怜子を原田が追いかけて来た。

「お母さんの具合が悪いなんて、ウソですよね？」

言葉は軽いが、原田は意外に勘が鋭い。

近くのカフェに誘うと嬉しそうについてくる。

「調べるんですよね、例の……」

原田は周囲を窺《うかが》って声を潜めた。

「昨日はありがとう……おかげでいろいろ分かったことがあったわ」

「で、休暇中に単独捜査ですか？」

大袈裟《おおげさ》な言葉に笑いそうになるが、間違いではない。

「センパイ、昔モデルだけじゃなくドラマやCMにも出てたんですってね……事務所も同じだったらしいじゃないすか。だから、ガイシャと知り合いだったんすよね？」

「ドラマやCMって、子どもの時の話よ。モデル時代だって、別に売れていたわけじゃないし……」

「そんなの関係ないすよ。そういう経歴の人が刑事になること自体珍しいじゃないですかぁ」

そう？　と目を合わせると、キリリと見えなくもない奥二重の目が輝いている。

「資料係に来る前から噂は聞いてましたけど、センパイって、刑事部じゃ、めっちゃ目立ってますもんね、マジで」

目立っているとは、閑職に回されることになったあの事件のせいだろう。

「どうせろくな噂じゃないんでしょ？」

「いや、センパイがヤラかしたあの事件のことじゃなくて、他の女子と比べてダントツにカワイイってことですよ。マジで三十二歳には見えないっす！」

カワイイ……か。

自分の弟より歳下の男に、力いっぱいカワイイと言われても少しも嬉しくはない。

　怜子のため息を無視し、原田がまた声を潜めて顔を寄せてきた。

「で、あれからまたちょっと調べてみたんすけどね……」

　調べた、というより、また飲み仲間の一課の刑事から聞き出したのかもしれない。

「山科とあのモデルが不倫をしていたというリークがあったらしいすけど、それって、警察内部のヤツかもしれないんすよ」

「え……本当？　誰から聞いたの？」

「それは、センパイにもちょっと……」

　言えないのは、当たり前か。

　軽く見えても、この男は意外に手堅い男なのかもしれない。

「その警察関係者も、山科の周囲にいる誰かから聞き出したってことかな」

「さあ、どうなんすかね。そこまでは聞き出せなかったけど、結果、それで山科が被疑者に浮上したわけですもん……もし刑事だったらお手柄っすよね」

　原田の声には、まだ他にも知り得ていることがあるような含みが感じられたが、おそらく確証がまだないのだろうと思った。

　原田とは別々に席を立ち、怜子は街路樹のベンチでスマホを取り出した。

　平日の午後だ。夕べ大庭はあれから夜中まで仕事をしたはずだから、まだ就寝中かもしれなかった。

昨日交換した電話番号に、ショートメールを送る。

《明日から私も休暇を取りました。面白い情報があります。連絡ください》

大庭から返信が来たのは、終業時間の少し前だった。

《了解。こちらは今夜の仕事が最後。しばらく休むことになった。明日の午後にどこかで。また連絡する》

週末から休むと言っていた大庭だが、気持ちが急《せ》いたのか。まさか会社とトラブルになったのかと怜子は不安になった。

そうだとしたら、大庭を引きずり込んでしまった責任は大きい。

原田から得た情報を一刻も早く大庭に知らせたかったが、メールではなく、直接伝えたかった。

残業をするという横沢に一礼し、原田と一瞬だけ目を合わせ、資料室を後にした。

先刻、原田の『僕も休暇取ってお手伝いしたいっす！』という申し出をやんわりと断ったのだが、本心は逆だった。原田の行動力と〈広く浅い人付き合い〉は、こういう公にはできない捜査には大いに役に立つ。だが、もちろんそれは横沢が認めるはずはなかった。二人同時に休暇を取れば、あらぬ誤解を招くかもしれないし、横沢は怜子がマリの事件に関心を持っていることに気付いている。

今回の勝手な捜査が上の知るところになれば、怜子はもちろんのこと、上司の横沢もアウトだ。

特別に尊敬している上司ではないが、同じ女性警察官としての同族意識のようなものはあった。できれば、いや、絶対に迷惑をかけてはならない。

中谷の顔も浮かんだが、すぐに消し去る。

中谷は二課の刑事で、捜査対象事案は一課とは異なる。一課と二課が協力し合う事案もあるが、その振り分けは徹底していて、所轄署のような融通は利かない。話したところで中谷には迷惑な話だろう。

今のところ怜子と中谷の関係を知る者はいないはずだが、これも噂になれば中谷の経歴に傷を残すことは間違いない。

昨日の素っ気ない電話から、中谷からは何の連絡もなかった。

怜子からの連絡を待つという今までのスタンスであることは分かってはいたが、今はそんな気分にはなれなかった。

週末の終業時間直後の地下鉄は、比較的いつも空《す》いている。

座席に腰を下ろし、スマホでニュースを読み始めた時、コートのポケット内のスマホの着信に気付いた。

中谷が公用スマホに連絡してくることはない。また原田かと思い取り上げると、送信者の名前はなく、一瞬怪訝《けげん》に思ったが開いてみると、［T＆Mミュージック］という音楽事務所のウェブサイトが現れた。

〈T＆Mミュージックって……〉

すぐに山科が代表を務めていた音楽事務所であることを思い出した。

やはり、原田が送ってきたのか……?

すぐに検索してみる。

会社概要のページに、代表者の名前は坂下《さかした》美咲とある。

山科の当時の妻は確かに美咲という名前だ。

坂下というのは再婚相手の姓だろうか。事務所はあの事件で廃業かと想像していたので意外だった。社名も当時のままだ。

〈元妻の情報が何に繋《つな》がるんだろう……それに一体、誰が?〉

このメールの意図は何なのだろうと考えながら検索を続けていると、業務内容のページに載っている一枚の写真に目を奪われた。

録音スタジオ内の写真だ。ギターを弾く若者の録音風景で、ガラス窓の向こう側に音響スタッフらしき男が二人。その後ろのソファに座っている、関係者と見られる人物三人が少しピンボケで写っている。

一人は山科だ。捜査資料で何度も見た顔だから間違いはない。

そして……その隣にいる女の横顔に、怜子は息を吞《の》んだ。

丁度、電車は新宿三丁目の駅に着いたところで、怜子は閉まりかけるドアを押し退けホームに降りた。

メールの遣《や》り取りをしている気分ではなかった。

人波を避け、ホーム端の柱の陰で私用のスマホを取り出した。

三回目のコール音の後に原田の小声がした途端、怜子は一気に喋《しゃべ》った。

「これって、山科とマリが繋がっていた証拠よね！　やっぱり二人は……」

『え？　何のことすか？』

送ったのは原田じゃない……？

急いで原田のタブレットに転送する。

「これ、君が送ってくれたんじゃないの？」

『何すか、これ。僕じゃないっすよ、送ったの……』

少し間があって、原田はいきなり叫んだ。

『ヤッベエ！　センパイ、これヤバい！』

「でしょう？　山科の横にいるのはマリなのよ。これ、二人が知り合いだったたって証明になるわ」

不倫関係があったかは分からないが、山科の最後の言葉である〈そんな女知らないし、俺は関係ないっ！〉というのは嘘になる。

やはり、マリを殺したのは山科なのか……。

『それはそうなんですけど、ヤバいのは、マリさんの隣にいるもう一人の男の方です』

原田との電話はそのままに、怜子は公用スマホのウェブサイトを再度確認する。

だが、その男の顔には見覚えがなかった。

『この男が、さっき話した例のヤツですよ。何でこんな写真、一体誰が……』

「誰、この男？」

『山科と村雨マリの不倫をリークしたヤツですってば！』

「例のヤツって？」

原田がじれったそうに声を大きくした。

「え……どういうこと？　さっき君の情報では警察内部の人物だったわよね？　誰なの、この男」

『いや、僕の口からはとても……とにかく、これ、ヤバいっすよ』

この写真がいつ頃のものかは分からないが、マリが生存していた時なのだから、その男は山科やマリと親しかったということになる。

「ヤバいのは分かったし、君から聞いたなんて絶対に言わないから」

一瞬、沈黙があった。

『……後で、その人物のプロフィール送りますわ』

覚悟を決めたような口調だった。

「分かった……で、このウェブサイトは本当に君が送ってくれたんじゃないのね？」

『違います……あ、じゃあ、オフクロ、また電話するから！』

突然、原田は大きな声を出して電話がいきなり切れた。

〈何だ、これ……オフクロ？〉

怜子との電話内容を知られてはまずい人間が近くに現れたということか。

横沢の可能性が一番だが、まだ原田の行動には理解不能なことが多い。

情報を知らせていながら、自分からはその男の名前は言えないとは……？

いつの間にか到着していた次の電車のドアが閉まり、ゆっくりと目の前を動いて行く。

それにしても、このメールを怜子に送ってきたというのは、怜子がこの事案の再捜査を始めようとしていることに気付いている者だ。

そして、怜子の公用スマホの番号を知る事ができる者。

事実上、捜査から外れている怜子は、この二年の間に名刺を何枚も他人に渡した覚えはない。

先日久しぶりに渡した相手は、あのスナック「モナムール」のママの晴美と大庭だけで、大庭はもちろんだが、山科とマリの関係を否定していた晴美が送ってくるわけはない。

〈となると……考えられるのは、また警察関係者？〉

怜子の行動を怪しむ者がいるとしたら、係長の横沢か、中谷しかいない。

横沢だとしたら、その真意は何一つ想像できない。中谷にいたっては、有り得ないと断言できた。

恐る恐る、送信者のアドレスにメッセージなしで返信を試みるが、送信エラーになる。

匿名の捜査協力者？

何のために……？

スマホの画面の、マリの横顔をじっと見つめる。

目と鼻筋に整形を施した顔だが、その口元と左目尻《めじり》の泣きぼくろは、確かに怜子の記憶にもあるものと同じだった。

頬に風を感じた瞬間、またしても電車がホームに滑り込んで来た。

帰路に就く会社員や若者などの群れが吐き出され、立ち止まっている怜子を迷惑顔で避けて行く。

人波が去り、電車はゆっくりと動き出す。

車内の灯《あか》りの中にまだ大勢の人の姿があり、ドアのガラス窓にもたれるカップルらしき男女……。

『レイちゃんにはちゃんと話しておいた方がいいわねって前から話してたの……』

あの時、マリは怜子の耳元で囁《ささや》くと、背後に立ち尽くす男の元へと戻って行った。

滑り込んだ電車に乗り込んだ二人は、ドアのところで立ち止まり、マリが振り返ってひらひらと手を振った。

ドアが閉じる瞬間、男は我に返ったような目で怜子を振り返った。

その目がどんどん遠離《とおざか》る映像は、何度も見直した映画のラストシーンのようだった。

封印していた記憶が隅々まで思い出されて、怜子はそれを振り払うように、足早に地上に向かった。とてもそのまま帰宅する気にはなれなかった。

大庭が指定して来たのは、京王井《けいおうい》の頭《かしら》線の永福町《えいふくちょう》駅前だった。

怜子は自宅のある中野区本町《ほんちょう》からタクシーで向かった。

昨夜は新宿三丁目のイタリアンバーに向かい、二時間ほど飲んだ。

酒量が多過ぎたわけではなかったが、ひどい二日酔いで、目覚めたときには昼近くになっていた。

指定された時刻は午後1時。

いつもより物音を立てて支度をしたが、里美も大輔も起きる気配はなかった。

5分前にタクシーを降りると、すでに駅前広場のベンチに大庭の姿があった。

怜子に気付くと、大庭は先に立って踏切を渡り始め、数分ほど歩き、まだ暖簾《のれん》の出ていない小さな居酒屋に入った。

灯りのない看板には「呑《の》み処　こたろう」とあった。

店内には野菜の入った段ボールやビールケースなどが雑然と置かれている。

店の奥の小上がりで向かい合っても、誰も出てはこなかった。

「この店は俺の実家みたいなものなんだ。ここのオヤジは夕方まで寝ているし」と、大庭は天井を指した。

「羨《うらや》ましいです」怜子は即座に呟《つぶや》いた。

「何が？　君には実家があるんだろ？」

「実家より、実家のようなものの方が、居心地良さそうですもん」

大庭は笑い、「実家も無くなるとけっこう寂しいもんだぜ」と言った。

「それで……面白い話って？」

「山科とマリの関係をリークした人物が分かったんです」

今朝になって、原田から添付ファイル付きのメールが送られてきた。

《僕からというのは内密でよろしくです》

ファイルを開くと、その人物の経歴とともに写真が一枚あった。

その画面が現れているタブレットを大庭に差し出す。

「警察官……!?」

映っている人物の上半身は、ブルーバックに警察官の制服姿だ。

「大庭さんが山科確保に向かった時、同行した一課の刑事です。覚えてませんか？」

じっと見入っていたが、大庭は首を振った。

「あの時、確かに相棒の他に本庁から来た刑事が二人いたが……」

捜査本部で初めて顔を合わせ、挨拶《あいさつ》もそこそこに山科確保に向かったのだ。その後の騒動を考えれば、大庭の記憶に留《とど》まらなかったのも無理はない。

石崎浩輔《いしざきこうすけ》、三十六歳。

現在は警察庁警備部警備企画課の課長代理とある。階級は警視。

「キャリア……か？」

「ええ……だから、あの捜査の連帯責任は問われなかったのかも」

今朝、このファイルを開いた時は、怜子も驚いた。

「それにしても、この若さで課長代理とは……そんなに優秀なヤツなのか」

キャリアとは、国家公務員総合職採用試験に合格した警察官のことだ。その試験の難易度は高く、怜子たちのように、比較的合格率の高い警察官採用試験を受けた者たちとはレベルが違う。

「当時一課の刑事だったということは、警察庁から出向していたんでしょうね」

不思議なことではない。若く有望な人材であれば現場の経験も必要とされ、警視庁や所轄に一時身を置くこともある。

「これは、どこからの情報だ？」

「同僚の原田巡査からの情報です。彼もこの事案に関心があって、飲み仲間の一課の刑事から聞き出したみたいですが……」

「そいつは信用できるのか？」

「この件の協力者は彼だけです。久しぶりの捜査で張り切ってるんです」

怜子はタブレットの画面を切り替えた。

「これを見てください」

録音スタジオの写真が映ったタブレットを、再び大庭に向ける。

「山科やマリと並んでいるのが、その石崎なんです」

大庭の目が画面に釘付《くぎづ》けになった。

「じゃあ、石崎というヤツは事件前から山科やマリと知り合いだったということか」

嚙《か》み締めるように言うと、大庭は唇を嚙んだ。

「でも、この写真は匿名のメールで送られてきたんです」

「どういうことだ？」

「分かりません……でも、私が捜査を始めたことに気付いた誰かです」

「心当たりはないのか？」

矢継ぎ早に問う大庭は、刑事そのものの顔付きをしている。

「原田巡査ともう一人、二課の刑事が知っていますが、情報があったら直接伝えてくるはずです。匿名でリークする意味はありません」

「そうか……とりあえず、今はこの石崎の周辺を探るのが先だな」

「はい。週明けに石崎に会いに行くつもりです」

大庭が即座に首を振った。

「いきなり問い詰めても、この写真は自分じゃないと否定されるだけだろう。ヘタをすれば、君の首も怪しくなるぞ」

大庭の言う通りだった。

相手は警察庁のキャリアだ。捜査権も持たない単独捜査がバレたら、島流しどころか、警察官の身分さえ失うことになる。

「幸い俺はもう一般市民だからな。どんな勝手な捜査をしても失うものはたかが知れている」

大庭の言葉に、自嘲《じちょう》のニュアンスは感じられなかった。

元々、大らかな性格なのか。

怜子は、大庭のような上司の下で働くならどんなにいいだろうと思った。

今日も、大庭はダウンコートの下はスーツ姿だ。

怜子の視線に気がついたのか、「スーツだったら、銀行員や証券マンにも化けられるからな」と笑った。

「石崎は俺があたってみる。俺の顔を覚えているかもしれないから、いきなり接触はできないけどな」

「じゃ、私は……？」

「君は、山科の元妻に聞き込みしてくれ、この三人の関係で何か分かることがあるかもしれないし……まあ、ヤクのことは知っていたとしても言わないだろうがな」

考えは同じだった。

大庭が注いでくれた熱いほうじ茶を啜《すす》った時、階段を下りる足音がして、店主の初老の男が顔を出した。

「なあんだ、べっぴんさんとデートだったのかい。そんじゃあショバ代もらおうかな」

店主は二人を見て銀歯を光らせながら笑った。


大庭と別れて、怜子は青山に向かった。

すでに夕方の4時近くになっていたが、［T＆Mミュージック］の外観だけでも確かめたいと思った。

地下鉄を下り、青山通りから骨董《こっとう》通りに向かう。

以前は古美術品を扱う店が集まっていたことから名付けられた通りだが、今はテラスのあるカフェが立ち並び、外国人の姿も多く見られる。

モデル時代は、よく足を向けた界隈《かいわい》だ。

マリと一緒に覗《のぞ》いたアパレルショップはお洒落《しゃれ》な雑貨店に変わっていたが、通りの雰囲気は昔のままだ。

十二年後に、こんな目的で歩くとは思わなかった……。

滅《め》入《い》る気分を振り払い、スマホの案内に従って裏道に入ると、マンションが立ち並ぶ一角に三階建ての小さなビルを見つける事が出来た。

道路に面した壁の銀色のプレートに、［株式会社　T＆Mミュージック］とある。

怜子はスマホを取り出し、保存しておいた番号に電話をかけた。

数回のコール音が鳴り、若い女の声が聞こえた。

社長の坂下美咲に取り次ぎを申し出るが、美咲は不在で、常時出社しているわけではないということだった。

怜子は私用スマホの番号を告げ、美咲からの連絡を待つことにした。

スマホの着信音が鳴ったのは、それから十数分後だった。

すぐにはかかってこないと予想し、地下鉄入り口まで戻った時だった。

『山科のことで聞きたいことがあるって……あなた、山科とはどういう関係？』

女の声は、想像よりずっと低く、暗かった。

「坂下美咲さんですね？　私、村雨マリの……妹です」

咄嗟《とっさ》に嘘を吐いた。

え……？　と小さく声を上げて、女は声色を変えた。

『でも、何も話すことなんてないわよ。私はもう関係ないんだから』

「分かっています。でも、姉は山科さんとは不倫なんかしてなかったんです。山科さんは無実です」

一気に言う自分の声に、怜子自身が驚いていた。

日記　II

もう三日も彼から連絡がない。
まだ怒りが収まらないのか、それとも、私を怖《おそ》れているのか……。
私は死にもしないし、彼を殺すわけでもないのに。
本当に笑える。
どこまでお坊ちゃんなんだか。
そういうところに私が弱いのも確かだけれど。
他のヤツらのように、もっと人生を楽しめばいいのに。
それには、私の存在は邪魔だとでもいうのかな。
良く考えてみたら、彼は私を好きだとは言ったことがなかった。
私が掘った落とし穴に、すんなりと落ちてくれただけ。
すぐに気付いて逃げようとした彼を、私が許さなかっただけ。
最初から、彼は本当の私を好きなわけではなかったのだと思う。
少しだけ、弱い女を演じただけ。

私は女優。
そんな分かり易い役など簡単だ。
彼が惹《ひ》かれる女になれば良かっただけのこと。
でも、もう彼には正体がばれてしまったようだ。
これからは、こういう私を彼が好きになればいいだけなのだ。
ゆっくりと時間をかけて好きになってくれればいい。
きっと彼は気付くから。
彼に一番相応《ふさわ》しい相手は私だということが。
私はずっと待っているから。

彼と会えない日は、他の誰かを呼べば寂しくはない。
こんなにシビアな毎日なのに、今日もきちんとお腹が空《す》く。
泣いては食べ、怒っては食べ、そして、薬も飲まずにぐっすり眠る。
私は、彼がいつも言うとおり、けっこうな悪人なのかもしれない。
でも、それは私のせいではない。
悪いのは、あの年老いた女だ。
あの女にとって、私はずっと玩具《おもちゃ》の人形だった。
だから、私はあの女から全てのことを学んでしまったのだと思う。

生きるためには、他人の力が必要だということ。
残念ながら、その加減が私には分からなかったのだと誰かが言った。
悪いのは私ではない。
私を人として育てなかった、あの女。私の母親だ。
彼に言ったことがあったけれど、彼には伝わらなかった。
自分だって、本当は同じような思いをしているのに。
大人になったふりをしているだけだ。
不幸なのは君だけじゃない、とか言って。
でも、育ちのいい彼には本当の私の心は理解できないのかもしれない。
ああ……どうして、私はこんなに不幸なんだろう。
明日《あした》もくだらない仕事が待っている。
誰があんな仕事を引き受けてくるのか。
誰も私の価値を知らない。
そして、誰もが今の私を哀れんでいる。
分かってないな。
仕事なんて、どうでもいい。
最大の不幸は、彼が私から逃げようとしていることなのに。

逃げられると思っているところが笑える。
私は一瞬で彼を不幸にできるのだ。
後一日だけ、彼を待とう。
二日経ったら、彼を殺しに行くかもしれない……。
なんてね。
冗談だよ。
頭のどこかがぼんやりしている。
今日は自分が自分でないような気がする。

捜査　Ⅳ

カフェのテラス席は、日が暮れたにもかかわらず、多くの人で賑《にぎ》わっていた。

山科の元妻である坂下美咲は、怜子の想像とはだいぶかけ離れた女だった。

電話の声から想像していたのは暗いイメージの中年女だったが、目の前にいる美咲は、怜子とそう歳も違わない感じの華やかな女だ。

捜査資料の当時の年齢から数えれば、今は四十歳のはずだった。

「あなた、本当にあの女《ひと》の妹さん？」

腰を下ろすとすぐに、美咲は訝《いぶか》るような目で怜子の全身を眺めた。

「妹みたいな者……なんちゃって」

怜子は、オクターブ高い自分の笑い声を聞いていた。

今日は『生活に困窮しているフリーター』を目指したつもりだ。

変装は最大の武器。

両肩を抱くようにしてみる。

だが、170㎝の身長で、カワイイキャラは無理があるかもしれない。

美咲がニヤリと唇の端を引き上げた。

「やっぱり……全然似てないもの。じゃ、何なの？　何で私に会いにきたわけ？」

美咲は露骨に嫌な顔になり、その美しい足を大袈裟《おおげさ》に組み直した。

美しいのは、足だけではなかった。

老若男女を問わず、個性豊かでファッショナブルな人たちが行き来するこの界隈《かいわい》でも、ひと際目を引く容姿だ。

黒いニットに真っ赤な革のパンツ。その上にゼブラ柄のフェイクファー。

刈り上げに近い髪の生え際がブルーに染められている。

電話から一時間も経っていなかった。

本当は出社していたのだろうと怜子は思った。

指定されたカフェは、会社のビルから遠くはなく、その方向から美咲は歩いて来たからだ。

「マリは私にとって、本当のお姉さんみたいな人だったんです……私、どうしてもマリを殺した犯人を突き止めたいんです！」

あどけなく、けれど必死な感じを込めて言う。

「嘘言いなさい……誰かに頼まれて来たんじゃないの？　バイト？」

「違いますよ！　本当に、マリの仇《かたき》を取りたいんです」

美咲は呆《あき》れたようにため息を吐いた。

「今更何を言ってるの……山科が犯人だろうっていうことで警察の捜査は終了したのよ。それでもういいじゃない？」

「山科さんは濡《ぬ》れ衣《ぎぬ》を着せられたかもしれないじゃないですか」

「どうでもいいわ。私にはもう新しい主人がいるのよ。元夫のことなんか忘れたいわ」

「でも、山科さんの会社を引き継いでいるんですよね？　社名も変えずに……」

T&Mとは、おそらく山科智己のTと、美咲のMだろう。

美咲の片眉《かたまゆ》が少し引き上げられた。

「だって、元々私の会社だもの」そう言って、美咲はウエイターに片手を上げてカフェラテを注文した。

「あなた、何か勘違いしてるみたいだけど、Tは智己のTじゃないわよ」

「T&Mミュージック」は、当時は代表こそ山科の名義になってはいたが、実情は違っていた。

山科は私立大学を卒業後、大手の銀行で働いていたが、学生時代からギタリストになるのが夢だったという。美咲とは合コンで知り合い、半年後に結婚。美咲の父親の融資を受けて音楽事務所を立ち上げた。

出資者である美咲の父親の名前は武彦《たけひこ》。社名は武彦と美咲から名付けたものだった。

「ドラマの音楽制作やインディーズのCD制作なんかで、けっこう忙しかったんだけど、やっぱり大手には敵《かな》わないわ」

営業のほとんどは、美咲や美咲の父親のコネで成立していたようなものだった。

元々、営業手腕に長《た》けていたわけではなく、学生時代のサークル活動の延長と変わらない仕事ぶりで、抱えていた有能なアーティストが大手に鞍替《くらが》えすることも多かった。

業績が落ちて行く中で、山科は抗鬱《こううつ》剤を飲むようになり夫婦仲は破綻《はたん》していたと、美咲は他人事《ひとごと》のように軽々とした口調で話した。

「でもね、これだけは言っておくわ。警察にも言ったけれど、山科は不倫する勇気も経済力もなかったはずよ」

当時、マリのマンションの契約者は山科となっており、賃料も毎月欠かさずに振り込まれていたと警察から聞いた。

「笑っちゃうわ。そんなお金、山科にあったはずがないのよ。誰かに名義だけ貸していたのよ」

怜子の頭に、スナック「モナムール」のママの顔が浮かんだ。

「事件の後に、山科さんのアリバイを証言したオバさんがいるってネットに出ていましたよね？　あれってどうなっちゃったんですか？」

怜子の言葉の途中からやれやれという風に美咲は首を振った。

「ああ……何かそういう頭の変なオバさんいたらしいわね。妄想じゃないの？」

美咲は馬鹿にしたように笑った。

「でも、愛人というのは妄想で、ただのお客だとしても、あのスナックから山科さんが帰ったのが12時過ぎで、その後にマリさんちに行ったとしたら、朝帰りしたってことですよね？」

「……それ、どこから仕入れた情報？」

訝るような目が鋭く光った。

「実は、私の知り合いに警察官がいて、酔っ払った時に教えてくれたんです」

「酔わせてしゃべらせたってことでしょ？　あのね、私あの時は先に寝ていたから知らないのよ。警察が来るまで山科が何してたかなんて……」

どっちにしても、あのモデルの女とは無関係のはずなのに……と。美咲は忌々《いまいま》し気に呟《つぶや》いた。

怜子は手元に置いてあったタブレットを美咲の方に向けた。

「この、おたくの会社のホームページに載っている写真のことなんですけど。これって……」

チラリと画面を見て、美咲はまた片眉を引き上げた。

「何これ……あの事件の後すぐに別の写真に替えたはずなのに」

「え……？」

「この写真、もう五年くらい前のものよ。そのモデルと山科も映っているし、替えないわけにいかないじゃない」

すぐに美咲は自分のスマホを見せてくる。「これが今のうちのウェブサイトだけど？」

美咲は画像をスクロールして見せてくるが、怜子の手元のものとはまるで違った。

〈どういう事……？〉

仮に、事件前のホームページを保存していた人物から送られたのだとしても、何の目的で、怜子に何を伝えようとしているのか……。

「あれぇ、変ですよね。私もどこから引っ張り出したんだか忘れちゃった……で、この男のことなんですけどね」

石崎の顔を指すと、ああ……と、美咲は鼻先で笑った。

「名前は忘れちゃったけど、山科の大学時代の同級生でバンド仲間よ。そのモデルの女が付き合ってたのは山科じゃなくて、この男だと思ってたわ」

石崎のドラム演奏はプロ級の腕前で、駆け出しの歌手のバック演奏などに無償で駆り出されていたという。

「いつもあの女を連れてきていて、得意そうに演奏して……」

「彼って警察官らしいんですけど、知ってました？　何かヤバくないですか？」

美咲の目が見開かれた。

「そうなの？　確か国家公務員だと言ってたけど……初めて知ったわ」

その驚きは、嘘ではなさそうだった。

「とにかく、もう私には関係ないのよ。あなたもどうせ興味本位の暇つぶしなんでしょう？ それとも、私のコネでも欲しいの？」

もう、いいかしら？ と、美咲は腰を浮かし、また怜子の全身を見下ろした。

「あなたもモデル志望かなんか？ もう少し若かったらいいのに、残念ね」

見下ろしながら笑うと、「でも大丈夫よ、これからはシニアでも需要はあるわ」

これ以上食い下がっても、何も聞き出せそうになかった。

深追いして通報でもされたら終わりだ。

怜子は曖昧《あいまい》に笑顔を作った。

「何か、同じような匂いがすると思ったわ。私も昔はCMなんかに出ていたのよ」

少し間があって、美咲は言った。

「髪を切った方がいいと思うわ。仕事に困ったら連絡くれていいわよ。モデル事務所に紹介してあげるわ」

美咲はバッグの中に手を入れて、小さな名刺をテーブルに置いた。

悠然と歩く美咲の後ろ姿を見送りながら、怜子はそっと靴からつま先を解放した。

騙《だま》した心苦しさを感じたけれど、二年前の事件以来、初めての『変装捜査』だ。

美咲から電話があったすぐ後に、怜子は商業施設が入るビルの中に飛び込んだ。

少し厚めの化粧を施し、結わえていた髪を解いた。耳には買ったばかりの大きなゴールドのフープピアス。

そしてギャル御用達《ごようたし》の靴屋で買った安価なハイヒールを履けば、ストレートジーンズにダウン姿でもけっこうサマになる。

スタイルもセンスもそう悪くはない。けれど、身につけているのは三千円もしないファストファッション。

インスタグラムで見かけるセレブな女子とは違う。

彼女らの多くは、安価な服を、「抜け感」のテクニックなどと言いつつ、ハイブランドのバッグを合わせる。庶民の好感度を上げつつも、セレブであることは外せない。

だが、今日の怜子は、精一杯のお洒落《しゃれ》をした、ただの、フリーター。

ファッションに精通した者なら、必ずこの差に気付くはずだ。

美咲は、怜子の芝居に疑いを持たなかったに違いない。

我ながら完璧《かんぺき》だと思ったが、緊張のせいか脇の下に大量の汗をかいていた。


帰りの地下鉄の車内で、怜子は大庭にメールを入れた。

美咲から得た情報は二つ。

山科と石崎は同じ大学の同期で、バンド仲間だったらしいこと。

もうひとつは、マリの交際相手は山科ではなく、石崎ではないかということ。

美咲の話が真実ならば、やはり山科はシロ。

真犯人は今もどこかで変わらぬ日常を過ごしているかもしれない。

それは、石崎という男なのだろうか。

『何か、特別な因縁でもあるのか、そのモデルと……？』

中谷の言葉を思い出す。

自分が真犯人を捜す理由は、そこにある。

眠っていた捜査資料に気付いたのは、マリの導きだったように感じたからだ。

マリを手にかけた犯人を憎む感情はまだ無い。

ただ、真実が知りたかった。

心の奥底に沈んでいる、ある不安を打ち消すために。

新宿を発車してすぐに、車内にアナウンスが流れた。

日比谷《ひびや》線の管内で人身事故があり、その影響で丸《まる》の内《うち》線にも遅延の影響が出ているとのことだった。

幸い怜子が下りる新中野は三つ先だ。遅延したところで到着までの時間はそう変わらない。怜子はスマホを弄《いじ》りながら大庭からの返信を待ったが、メールも電話もかかって来なかった。

アナウンスどおり、電車はのろのろと走り、いつもの数倍の時間をかけて降車駅に着いた。

地上への階段を上がり、いつもの習慣でコンビニに入った途端、コートのポケットのスマホが鈍い音を立てた。

『センパイ！　石崎がっ……石崎が！』

耳の中に、原田の慌てふためく声が飛び込んできた。

原田が石崎の死を知ったのは、偶然ではなかった。

『仕事の帰りに横沢係長から飲みに誘われちゃって……一人で相手する自信ないから、例の「下」の柏木《かしわぎ》巡査も誘ったんすよ。こないだの石崎の情報をくれた刑事です。係長とは以前懇意にしていたらしくて……一人で相手するより楽かなあって……あ、ここだけの話。それで、三人で銀座に出ようとなって……』

原田は横沢と一課の柏木巡査と本部庁舎を出て、地下鉄の霞ケ関《かすみがせき》に向かった。

『日比谷線のホームで電車を待っていたら、反対側のホームに石崎が見えたんです』

最初に気付いたのは柏木だった。

時刻は18時半過ぎ。

石崎の姿は電車を待つ人の列の先頭にあった。

多くの人がそうであるように、石崎もスマホの画面を見ているようだった。

電車の入線を報《しら》せるアナウンスが響き、原田は咄嗟《とっさ》にその姿をスマホで撮った。

入線する電車の音が近付いた瞬間、石崎の体が飛んだ。

『いきなり線路に落ちて、そこに電車が……』

「自殺……⁉」

息を詰めていた怜子が、初めて口を開いた。

『いえ、そういう感じじゃないんすよ。周りに沢山人が動いてましたから、誰かがぶつかったんじゃないかと……』

「それ、動画で撮ってたの？」

『え……だって、仕方ないじゃないですか、あんな事になるなんて思わなかったし』

責められたと勘違いをしている原田の言葉を無視し、すぐに動画を送るよう伝える。

このタイミングでの石崎の死は、どう考えても不自然過ぎた。

もちろん、怜子たちが追っている事案に必ずしも関連があるとは限らず、偶発的な事故なのかもしれなかった。

一刻も早くその動画を確かめたかった。

タブレットに送られて来た動画を開き、まだ電話が繫《つな》がったままの原田に聞いた。

「で、君は今どこにいるの？」

先刻から、原田の声の背後に物音は聞こえなかった。

『本庁前の電話ボックスです。横沢係長が貧血で倒れて、柏木がタクシーで送っていきました……こっちだってめっちゃ足が震えててマジでヤバいっす』

興奮が治まらない原田をなだめ、怜子は一旦《いったん》電話を切った。

コンビニにいた数人の客が、非難めいた眼差《まなざ》しを向けている。

知らない間に声が大きくなっていたのかもしれなかった。

急いで店外に出て、駐車場の隅で動画を開いた。

再生マークをタップすると、カメラの前を人の波が行き来し、少し離れた向かい側のホームに、コート姿の男がスマホを見ながら立っていた。

〈これが石崎か……〉

ホームページに載っていた時とは違い、黒いコート姿でいかにもキャリアの警察官らしい堅苦しい雰囲気を漂わせている。

マリと写っていた写真とはまるで雰囲気が異なる。

石崎は、手元のスマホに見入っていて、周囲を全く気にする様子はない。

その背後には数人の男女が並び、その間を左右から通り抜ける人の姿も多い。

ホームにアナウンスが流れ、人波が大きく揺れた瞬間、原田の言葉どおり、いきなり石崎の体が前のめりに飛んだ。同時に画面が上下に揺れてフレームが斜めになり、線路に転がる石崎が映ったが、瞬く間に電車の先頭車輛《しゃりょう》の下に消えた。

その後にも、混乱を示す乱れた映像や悲鳴が記録されていて、やがて静止した。

怜子も初めて見る事故の瞬間だ。

原田たちは実際にこの瞬間を目の当たりにしたのだ。

横沢でなくとも、貧血を起こすのも無理はない。怜子も頭から血の気が引いていくのが分かった。

自宅のドアを開けて自室に入り、ベッドに腰を下ろした瞬間、怜子はようやく正気を取り戻したような気分になった。

ダイニングを通る時、里美が何かを言ったようだったが、その声は聞こえていなかった。おそらく、怜子の濃いメイクや外し忘れた大きなピアスを非難したに違いなかった。

どうでもいい……。

怜子は、石崎の動画を大庭の携帯に送った。

送信してから、怜子はハッとなった。

『石崎は俺があたってみる……』

確かに大庭はそう言った。

怜子が坂下美咲と話していた頃、大庭は石崎と接触できたのだろうか……？

不安になり、怜子はスマホを取り出した。

二度のコールの後、大庭の電話は留守電を報せるアナウンスに変わった。

いつの間にか寝入ってしまったらしい。

枕元に置いたスマホの着信音で飛び起きると、室内はまだ薄暗かった。

大庭からに違いないと思ったが、相手はまた原田だった。

『センパイ、起きてますか？』

いつになく、神妙な声がした。

無理も無い。昨夜は人身事故を目の当たりにしたのだ。

「今起こされたんだけど……で、君は大丈夫？」

はあ……と、原田は言い、『眠れなくて、あの動画をずっと見てるんです』

「そんなもの何度も見てどうすんの。早く寝なさいよ」

『いや、あのですね……あれから、僕、鑑識の知り合いに頼んで動画をスロー再生してもらったんすけど……繰り返し見てたら、変な事に気付いちゃって、早くセンパイに知らせた方がいいかな、って』

だから！

「何……？」

『あれは事故じゃないかも』

「え……？」

原田が再度送ってきたスロー動画をタブレットで開く。

『……石崎が前のめりになる瞬間なんですけど、石崎にぶつかるように後ろを通り抜ける男がいますよね？』

原田が指示する瞬間を静止させる。

確かに、スマホに気を取られている石崎の背後に横向きの男がいる。ズームするが、男の人相はよく分からない。黒っぽいダウンにグレーのズボン……。けれど、その男の後ろにも体を寄せるように人が並んでいて、動画を進めると、石崎がバランスを崩すと同時に、後方から波のように人が動いているのが分かる。

「これって、列の後ろから将棋倒しになったようにも見えるわね……」

『でも、石崎のすぐ後ろをこのタイミングですり抜けてるんですよ。ヤツが石崎の背中にぶつかったのは間違いないんですよ、マジで！』

「ホームに防犯カメラがあるじゃない。すぐ回収して！」

『それなんですけど……』

事件後、原田はすぐに地下鉄の事務所に石崎の身元を知らせ、カメラの映像の提出を願い出たが、警察の正式な手続きを経なければ提示できないと断られたという。

それはそうだ……。若い警察官がいきなり現れ映像を回収したいと言ったところで、すんなり事が進むわけはなかった。まして、この原田だ。決して中身は見た目ほど軽いわけではないのだが……。

『とりあえず寝ます……週明けにまたちょっと調べてみます』

本部庁舎の仮眠室にいるらしい原田の声の遠くから、低い鼾《いびき》が聞こえていた。


珍しく、今朝は食欲が湧かなかった。

原田の電話が切れた後も珈琲《コーヒー》を淹《い》れる気分にもなれず、怜子は素早くシャワーだけを浴びて家を飛び出した。

自宅の近所にある二十四時間営業のファミレスに向かう。

それまでも休日の土日の朝は、里美や大輔が起き出す前にこのファミレスに向かうことが習慣になっていた。

里美と大輔の気配がある家では、休日の気楽さを味わうことはできないからだ。

決して快適なファミレスではない。

店員は仏頂面な中年女と、やたらに声の大きい若い男が二人。

モーニングセットの種類は少なく、ドリンクバーの珈琲は恐ろしく薄い。

けれど、窓際の隅にあるボックスは大抵空いていて、怜子はそこから休日のバス通りをぼんやりと眺めるのが好きだった。

いつもは短くても二時間近くの気楽な時間を過ごし、午後から中谷のマンションに出掛けることが多かった。

ハムトーストを齧《かじ》りながら、タブレット内の動画を再生する。

『あれは事故じゃないかも』

原田の声が蘇《よみがえ》る。

動画がスタートした直後、その男はコートの襟を立てて俯《うつむ》き加減にフレーム右側から現れ、躊躇《ちゅうちょ》なく石崎の背後を通り抜けて行く。

石崎のすぐ後ろに並んでいた中年の男が、目の前を通り抜けようと現れた男に迷惑そうな顔を向けるが、後方からの人に押された感じで前のめりになる。

だが、その時すでに、石崎はホームから落下している。

やはり石崎は、後方からの将棋倒しのような形で落下したのではなく、石崎の背後を通り抜けた男がぶつかって落ちた可能性が高い。

それは意図的な行為なのか、単なる事故なのか――。

原田の見立てのように、確実に石崎を狙うとしたら、背後から背中を押すのが自然だ。

やはり、石崎のいたホームの防犯カメラが重要だ。

怜子はスマホを取り上げた。

『珍しいな、こんなに早く……急用？』

まだ朝の7時だ。

「ごめん。寝てた？」

『いや、今日は当直だから定時に出るよ。言ってなかったっけ』

神楽坂にある中谷のマンションから本部庁舎までは一時間もかからない。

中谷は朝食の途中かもしれなかった。

妻子と別居してからも、中谷はきちんと朝食を用意しているようだ。

そういう生活のペースは、身内に何が起きても変わる事はないはずだ。

その自分中心の暮らし振りが、おそらく妻子を離れさせた理由のひとつだろうと怜子は思っていた。

『あと10分で家を出るんだけど……』

言われなくても分かっている。外回りの捜査でなければ、8時半までには登庁しなければならない。

「昨日、警察庁のキャリアが人身事故にあったこと、知ってるよね？」

『ああ……一課が出張ったみたいだけど、事故だったんだってな』

身支度の最中か、中谷の声に混じってシェーバーのような機械音がする。

その音が、何故か癇《かん》に障った。

「事故じゃないわ。突き落とされたのよ！」

自分の声に驚いた。そんな確信はどこにもない。

『ん……どういうこと？』

物音が消えた。

「あのキャリア、前に話したモデル殺害の事件に関係があったのよ。何とかして駅の防犯カメラの映像を入手することできないかな」

え……？　と少し間があり、『後でこっちから連絡する』と言い、電話が切れた。

声のトーンが明らかに変わった。

怜子の思惑どおり、中谷が興味を持った証拠だ。

大庭や原田の協力はもちろん頼もしいが、さすがにキャリアの周囲を嗅《か》ぎ回るには、組織に信用がある人間の協力が必要だと考えた。

久しぶりにまともに聞いた中谷の声は、怜子に少し安心感を与えてくれた。

中谷から電話が入ったのは、それから二時間後だった。

刑事課では、土曜日も始業時間直後に打合わせの会議が開かれる。

中谷は会議後すぐに電話をかけてきたと思われた。こんなことはもちろん初めてだ。

怜子が昨日までの経緯を伝えると、中谷はため息とともに初めて納得したような声を出した。

『それで、休暇を取ったのか……やっぱりそれだけ気になる事案だったんだな』

村雨マリとの関係を話したわけではなかったが、最初に話した時の違和感を中谷は思い出したようだった。

「マリと私の関係はいずれ話すわ。だから……」

最後の言葉を言い終えないうちに、中谷は明るい声を出した。

『了解。できることは協力するよ。とりあえず、石崎の周囲で最近何かあったか調べてみる』

今朝の二課の会議で、石崎の死が話題になることはなかったという。

警備企画課の課長代理とはいえ、事故死であれば、殊更話題にする必要もないということか。

キャリアとはいえ、警察官の一人に過ぎない。その死を重く受け止める余裕は、個人的な付き合いを除けばどの部署にもない。

電話を切り、三杯目の珈琲を取りに行こうと腰を浮かした時、再びスマホが鳴った。

大庭からの電話だった。

あのな……と、大庭は疲労を滲《にじ》ませた声を出した。

『昨夜、俺は石崎と会うことになっていたんだ』

昼過ぎ、怜子と大庭は永福町の「呑《の》み処　こたろう」で向かい合った。

相変わらず店主の姿はなく、昨日と同様に食材の段ボールなどで散らかっていた。

「昨日は石崎と連絡が取れていたんですか⁉」

怜子はコートを脱ぐのももどかしく、先に来ていた大庭の目の前に正座した。

「ああ。あの時、俺と会うために六本木《ろっぽんぎ》に向かおうとしていたんだと思う」

まさか、このタイミングで何故……と、大庭は悔しそうに唇を噛《か》んだ。

怜子は、タブレットを取り出した。

「同僚の原田巡査が偶然に撮影したんです。彼は石崎について調べてたんです。大庭さんは、これ以前に石崎と話ができていたんですね？」

「警備企画課に電話を入れたんだ。総務に昔知り合いの職員がいてな、そいつの名前をちょいと拝借したら、意外とすんなり取り次いでくれたんだが……」

電話に出た石崎に、大庭は私立探偵だと伝えた。

「四年前のある事件について聞きたいことがあると言ったら、あの男の方から六本木のPホテルのロビーを指定してきたんだ」

石崎には特に動揺した様子はなく、淡々とした事務的な口調だったという。

「あの冷静さは、頭の良さだけではない。おそらく何が起ころうと、自分の立場は揺るがないという自信があったんだと思う」

「……バックに大物の警察関係者がいるとか？」

怜子の問いに、大庭は首を振った。

石崎の家庭環境は特別ではない。一流企業ではあったが、役員ではない一般的なサラリーマンの父と、専業主婦の母を持つ。親戚《しんせき》縁者にも、警察に圧力をかけられるような者はいないという。

「それ、どこからの情報ですか？」

「石崎に電話する前に、本庁にいる近藤《こんどう》という男に会ったんだ」

大庭が言う近藤とは、四年前に大庭の相棒だった刑事だ。事件の二年後に港中央署から警視庁捜査三課に異動。現在は警部補。大庭の二歳下だという。

「ヤツに石崎のことをちょっと調べてもらったんだが……」

大庭は鞄《かばん》から分厚い手帳を取り出した。

「石崎は確かにキャリアだが、経歴に妙なところがあるんだ」

「妙な……って？」

現職警察官のリストを一般人に送ることは無論許されない。

大庭は近藤からじかに聴き取った情報をメモしたらしく、開いたページを怜子に差し出した。

お世辞にも達者とはいえない殴り書きの文字が並んでいる。

《石崎→大学時代（19）に傷害の補導歴→警察官リストに記載なし→削除？》

「大学の同級生に対する暴行で通報されているんだ。示談で済んだらしいけどな」

「これって、どこから？　確かなんですか？」

それにしても、補導歴がある警察官がキャリアとして警察庁に入庁することなど可能なのか……。

近藤という刑事を信用しないわけではなかったが、過去の個人情報までは探偵でも雇わない限り……と、そこまで考えて気付いた。

「あ……そういうことですか」

大庭はニヤリと笑って二回頷《うなず》いた。

「少し頭のいい刑事なら、探偵まがいの情報屋の一人や二人は抱えているもんさ」

情報屋と聞くと、暴力団の元構成員や、軽犯罪で刑務所を出たり入ったりしている無職の男などを真っ先に思い浮かべるが、実際はもっと多彩な人間関係で成り立っているものと思われる。

無論、近藤の情報源が誰かは大庭にも知らされてはいない。

「近藤は、俺が警察官になって初めて信用できた相棒だ」

四年前の事件当時から、近藤は石崎に不審を抱いていたという。

「近藤は事件の三日後から自宅謹慎になった俺の代わりに、何度も上にそのことを訴えて再捜査を願い出たんだ」

「近藤さん、今は捜査三課の刑事なんですよね。大庭さんは辞職をせまられ、同じ場所にいた近藤さんは警視庁に異動って……」

その処分には雲泥の差がある。

「それは口封じと同じ意味なんだ。本庁に異動させてやるからこれ以上は黙っていろということだろうよ」

「近藤さんは、それを受け入れたってことですよね」

大庭は頷いた。

「俺がそうしてくれと言ったんだ。近藤まで辞めたら、あの事件は本当に無かったことになっちまう。正直言って、俺だっていつかはこの汚名をそそぐことができればと思っていたからな」

「……良くわかります」

「近藤は当時から石崎を怪しんでいたらしい」

山科を取り押さえる時に、石崎が取った行動の不自然さ——。

近藤は、石崎が山科の脚を持ち上げたように見えたと話していたという。

「え……？　じゃ、山科は事故死ではなかったということですか？」

「近藤はそう思っている。言われてみれば、そう考える方が自然かもしれない」

無意識に、怜子は手元の湯呑《ゆの》み茶碗《ぢゃわん》に手を伸ばした。

「仮に、石崎が故意に山科を転落させたのだとしたら、動機は何なのでしょうね」

「山科はやっぱりヤクをやっていたと思う。もしかしたら、そのことに関係しているかもしれない」

いきなり裸足《はだし》で逃げ出したという山科の異常な行動を、大庭は再び口にした。

「覚醒剤《かくせい》ですかね？」

「ああ。あの異常さは覚醒剤の可能性が高いな」

怜子は、山科の妻の美咲を思い浮かべた。

「その時、奥さんも部屋にいたんですよね？」

「ああ……でも、あの騒ぎで部屋の捜査は翌日だったし、ヤクどころか村雨マリに関係する物は見つからなかった」

携帯電話の着信履歴やパソコンにも、二人の関係を示すものは無かったという。

「それって、変ですよね。やっぱり山科がマリと不倫をしていたとは考えにくいです。マリのタイプじゃないし……」

え……？　と大庭が目を丸くした。

「金が目当てだったら、タイプもヘチマもないだろ？」

分かってない……。

「マリは……いえ、マリじゃなくても、若い女子がよほどお金に困っていたならともかく、マリはそこそこ仕事もあって、男に不自由なんかしてるはずがないのに、何であんな……」

一気に言って、息を吸い直した。

「……イケテナイ男なんかと。考えられません！」

途端に、大庭が吹き出した。

「きびしいな、女って……でも、説得力がある」

やはり、マリと関係があったのは石崎か……。

もしそれが真実だとしたら、山科を殺害したのは石崎。そしてその石崎もまた何者かに殺害された……？

そこには、違法薬物と痴情のもつれによる動機がある……？

怜子の頭の中で、二つの事件の糸が絡まり合っている。

そして、それは全てマリの死から始まっている。

「三人が生きているとマズいヤツ……どっちにしても、まだ俺たちが知らないヤツがどこかで息を潜めているんだ」

「……何だか、面倒な事案ですね」

つい本音が出てしまうと、大庭は高らかな笑い声を上げた。

「そもそも、その厄介事をほじくりだしてきたのは君だろう？」

「……すみません」

大庭の言うとおりだ。眠っていた捜査資料を取り出したのは自分だ。

「何で君がこんな昔の事案に拘《こだわ》っているのか、正直、いまひとつ分からないんだ。たとえ被害者が君の親友だったとしても、ちょっと異常だと思っていた」

いや、今も思っている……と大庭は言って、怜子をじっと見つめた。

「あ……」

「いや、いますぐ話してくれとは言わない」

「すみません。もう少し真相に近付いたらお話しします」

大庭には全てを打ち明けても良いと思っている。

ただ、今の自分の気持ちを言葉にして誰かに伝えるのは難しかった。

「了解。四年前の事件は、俺たちが思っているより複雑な事件かもしれないな」

大庭は何かを考えるように空を見つめ、ぽつりと呟《つぶや》いた。

「だけど、君が四年前の捜査資料に気付いたのって、偶然なのかな……」

『未解決の事案が、どうして解決済みの捜査資料の中に交じっていたんだ？』

電車に揺られながら、怜子は先刻の大庭の言葉を考えていた。

言われてみれば、確かにそうだ。

資料室の棚には年代別に捜査資料のファイルが並んでいるが、未解決事件のファイルは隅にある別な棚に分けられている。

怜子たち三人は、過去二十年分の棚から順番にファイルを取り出しているが、そもそもファイルを整理する段階で紛れ込んでしまったのか……？

あの日は週末に入力を終えなかったファイルを幾つかデスクに置いたまま退庁したことを思い出した。

記憶では二冊。

良く覚えてはいないが、記憶に残っていないとしたら、窃盗や傷害など、良く怜子が処理する事案だったのだろうと思う。

翌朝、他の二人より先に入室し、まっすぐにその日の分の五冊のファイルを棚から取り出しデスクに置いた。その時、前日に置いたままのファイルを上に載せたはず……そのうちの一冊が、マリの事件だった可能性が高い。

週末や休日中に誰かの手で一冊がすり替えられたということか。

〈でも、何のために……？〉

怜子に再捜査をさせるため、としか考えられない。

なぜなら、以前モデルであった怜子が必ず気に留めるに違いない事案だからだ。

あの資料室に入室可能な者は、怜子たち三人だけとは限らない。

あの部屋には、暴力団による組織犯罪を捜査する四課の事案を除き、一課から三課までの捜査資料が保管されている。

その月の捜査済みのファイルは、事務職員が月末に資料室に運び、保管確認の横沢のサインを必要とする。その係の事務職員は数名、そしてそれらの職員の他には警備員と清掃員……。

　見知ったそれらの顔を思い浮かべても、疑いを持つほどの人物はいなかった。

　神楽坂の駅を降りて、怜子は中谷にメールを入れた。

　約束をしていたわけではなかったが、早く中谷に会いたかった。

《今、神楽坂。夕食作って待ってます。帰る時に連絡してください》

　いつも素っ気ないメールだと言われるが、かわいいスタンプや絵文字などを送るタイプではない事は自覚している。

　時間を確認する。

　もうすぐ16時。突発的な事件がなければ、中谷は19時までには帰れるはずだ。

　あれから大庭は三軒茶屋のスナック［モナムール］に行くと言っていた。

　もし山科が違法薬物を使用していたとしたら、愛人だと称して山科のアリバイを訴えたママの吉沢晴美が、それに気付かなかったとは考えにくい。

　怜子も同行しようとしたが、大庭は首を振った。

『君は刑事だってことがバレてるだろ？　はい、私たちは確かにクスリをやっていました、なんて言うわけがない』

　大庭の言うとおりだったが、あのママと薬物はどう考えても結びつかなかった。

　中谷からの返信は意外にも早く、予想どおり定時で上がるとのことだった。

チラリと実家のことが頭の隅を横切ったが、こうして度々外泊する怜子には慣れているはずの里美が怜子の身を心配するはずはなかった。

駅前のスーパーで買い物をし、久しぶりに中谷の部屋の鍵《かぎ》を開けた。

想像したよりも、室内は片付いていた。

築年数は十年以上だが、3LDKの室内は、怜子の実家の倍近くのスペースがあった。

中谷にはまだ多額のローンが残っているはずだが、それを愚痴る言葉は聞いたことがなかった。

中谷とは、小平南署から警視庁に転属になってすぐに誘われた合コンで知り合った。

当時から捜査二課ではやり手の中谷だったが、仕事を離れた中谷は、どこかのんびりとした雰囲気を持つ男で、何より、かつて愛した男と外見が似ていた。

バツイチで元妻との間に幼い娘がいるということは、本人の口から聞いていた。

戸惑いがなかったわけではない。

家族はもちろん、たまに連絡を取り合う女友だちにも自慢できるような相手ではなかった。

付き合い始めた時に感じた家庭の匂いはさすがに消えているが、リビングのソファや大型のテレビ、キャビネットなどは妻が選んだ物に違いなく、ここに来る度に、嫌でも妻子の存在を考えてしまう。

この部屋に泊まる時は、怜子はゲストルームのベッドを使うことにしていた。

将来は子供部屋になる予定だった小部屋で、壁のクロスは淡いピンクだ。

怜子は付き合い始めてすぐに、この部屋にベッドと白い飾り棚を運び入れた。

長く付き合う予感がしていたわけではなかったが、母の里美の変貌《へんぼう》に辟易《へきえき》していた頃だったので、逃げ場が欲しかったのだ。

中谷の真意は分からなかったが、特別に迷惑がるわけでもなく、すんなりと合鍵を渡してくれた。

さすがに夫婦の寝室の中に入ったことはなかった。

怜子が泊まる時は、中谷が小部屋のベッドに潜り込み、狭いシングルベッドで重なり合った。そのまま深く眠り、目覚めた朝に二人で飲む淹《い》れたての珈琲《コーヒー》は格別だった。

だが、それも習慣のように繰り返されると、心の奥に潜む負の感情が滲《にじ》み出てくるようになった。

キッチン用品のあれこれも、すでに置き場所は覚えてしまい、探すこともない。

唯一、味に自信のあるホワイトシチューを煮込みながら、ふと寝室の方に目をやると、ドアが薄く開いていることに気付いた。

近付いて閉めようとすると、細い隙間から見えるダブルベッドの枕元に、洗濯されたと見られる整然と畳まれた衣類が置いてあるのが見えた。

心臓の鼓動が早くなる。

ドアをそのままに洗面所に向かう。

洗濯機の傍にあるランドリーボックスの中を覗《のぞ》くと、中は空っぽだった。

朝、出勤する前に中谷が自分で洗濯機を回すことはない。

普段なら、中谷は休日の午前中に一週間分の洗濯をするのが常だ。

ランドリーボックスに下着すらないということは、中谷以外の誰かが、怜子の来る前に洗濯機と乾燥機を回し、衣類の全てをきれいに畳んだということになる。

それは、おそらく中谷の元妻だ。


「それで、石崎のことで何か分かったことがあった?」

中谷が着替え中の寝室の中に向かって、怜子は声を張った。

何かを言ったような声がしたが、やがて中谷は枕元に畳んであったパジャマに着替えて部屋から出て来た。

「洗濯、サンキュー」

中谷は、料理は得意だが洗濯は独身時代から苦手だと聞いていた。

怜子は曖昧《あいまい》に笑い、シチューを温めるためにキッチンに立った。

「石崎のことは何も分からなかったってこと……?」

「俺が手ぶらで帰ると思った?」

思ってはいない。必ず、この男は何かしらの情報は得ているはずだ。

それは、玄関のドアを開けた時の自信ありげな顔付きから分かった。

何も期待に添えない時は、あんな風にまっすぐに怜子の目を見たりはしない。

それは中谷に限ったことではないが、特にこの男はわかり易い。悪く言えば単純だが、大人のずる賢さを身に付けてはいない純真なところがある。

「ホームの防犯カメラはさすがに俺でも回収できなかった。怜子が言ってた石崎の補導歴は確かにあった。それより……」

中谷はさすがに二課の敏腕刑事と言われるだけのことはあった。

情報源は明かさなかったが、たった一日で、石崎について多くの情報を入手していた。

「石崎は、実はキャリアじゃなかったんだ。簡単に言うと、キャリア待遇を受けていただけだ」

え……？

「……どういう意味？」

中谷は、傍に置いてあった鞄《かばん》の中からタブレットを取り出した。

怜子はシチューの火を止め、ソファのテーブルの前に膝《ひざ》を突いた。

画面の中のフォルダを開けると、石崎の経歴に関する幾つかのファイルがあった。

それを順番に読んでいくと、中谷の言うキャリア待遇という意味が理解できた。

石崎は、私立K大法学部を卒業した年に、国家公務員総合職採用試験に合格している。

これは警察庁のキャリア、つまり「警察官僚」と呼ばれる職種に就く最初の難関だ。

問題はその後だ。合格者に課せられる警察庁での複数回ある面接試験に於《お》いて、石崎は、全て不合格となっていた。

理由は素行不良と家庭環境とある。

「素行不良って、補導歴がバレたことよね。家庭環境って？」

「弟が覚醒剤《かくせい》の密売をやっていた疑いがあった」

「え……覚醒剤？」

「ああ。証拠不十分で不起訴だけどな」

「……そんな家庭環境なら本人が警察庁なんか希望するかな。絶対いつかはバレるじゃない？」

「そこなんだよ」

中谷が得意気な顔を向けてくる。

「石崎を強烈にバックアップした人間がいたんだ」

中谷はまた鞄の中から一冊の経済誌を取り出し、付箋《ふせん》の付いたページを開いた。

《ロングインタヴュー第三弾　松倉《まつくら》組会長　松倉宗治《まつくらそうじ》氏に聞く》

見出しと共に、高齢の男が悠然と笑みを浮かべてインタヴューを受けている写真が載っている。

松倉組は、明治から続く大手ゼネコンだ。

「このジイさん、政界との癒着で黒い噂が絶えないことは知ってるだろ？」

「うん……この人が石崎の何？　親戚《しんせき》とか？」

「どういう関係かまではまだ分からないけど、当時の警察庁上層部に石崎を推薦したのはこのジイさんで間違いなさそうだ」

そんなことが有り得るのだろうか……。

中谷がその疑問に答えた。

「信じられないって顔だな……自分のことだって同じようなもんだろ？」

中谷が立ち上がり、冷蔵庫から缶ビールを取り出しながら言う。

「怜子の〈島流し〉だって、上の誰かの一声で決まったわけだし、どっちにしたって理不尽な人事は結局同じ構図だ」

中谷は再びソファに座って缶ビールを口にする。

「……私のことはどうでもいいわ。このジイさんと石崎の関係、必ず突き止めてくれるわよね？」

少し間があって、中谷は缶ビールをテーブルに置いた。

「俺はこれ以上は協力できない。石崎は事故死で処理されたんだ」

「だから、事故じゃないかもしれないって……この動画、見てよ」

怜子がタブレットを取り出すのを制して、中谷が再び立ち上がった。

「松倉組のジイさんとどんな関係にあったとしても、これ以上は石崎のことは穿《ほじく》り返さない方がいいかもな」

「さっきと話が違うじゃない、何言ってんの」

「相手が悪過ぎるって言ってるんだ」

「上から攻めても駄目なのは分かっているわよ。石崎に家族はいないの？」

「さっき言った、ヤクの売人かもしれなかった弟が一人いるだけだ」

両親は石崎が大学に入った年にタイに旅行中に事故死したという。

「じゃ、その弟に会ってみる。でなきゃ、大学の友人関係とか……」

こうなれば、石崎に恨みを抱く者や利害関係で繋《つな》がっていた者を徹底的に調べる必要がある。

「怜子……」

中谷はソファから上体を起こし、怜子の顔を覗《のぞ》き込んだ。

「これ以上、君はこの件に関わらない方がいいと思う」

「え……どうして？」

「また二年前みたいな悔しい思いはしたくないだろう？　勝ち目のない勝負に挑んでも、また馬鹿をみるだけだ」

勝ち目のない勝負……。

「あなた、何も分かってない」

中谷の言うことは間違いではない。

仮に怜子が一連の事件の謎解きをしても、何一つ立証できなければ犯人《ホシ》をあげることは不可能だ。

「君が村雨マリを殺したヤツを捕まえたいのは心情としては分かるよ。でも、それで誰か一人でも幸せになれるか？　あのモデルの親だって、今更犯人が分かったところで娘が生き返るわけでもない。却《かえ》って恨む対象が具体的になって、恨みが増すだけじゃないか。それって、不幸な話だとは思わないか？」

諭すような口ぶりの中谷の顔から視線を下げると、中谷のパジャマの襟が目に入った。

青いパイピングが施された白地のパジャマの、一番上のボタン……。

先週見た時は取れかかっていたボタンが、しっかりと縫い付けられている。

中谷の声は、まだ続いている。

「……君にとっても何も得な事は無いと思うよ」

膝から力が抜けていくのが分かり、手元にあったタブレットの画面をぼんやりと見つめた。先刻、中谷に見せようと開いた石崎の動画だ。

その静止画の中に、今までは気にもとめなかったある事に、怜子は息を呑《の》んだ。

「なあ……怜子の気持ちが分からないでもないけどさ」

静止画を見つめたままだったが、怜子は別のことを口にした。

「鍵《かぎ》……まだ、元の奥さんが持っているの？」

静かな声で言い、ゆっくりと中谷に顔を向けた。

日記 Ⅲ

今日は何だか気分がいい。頭の中がすっきりしている。
こういう気分の時に、ちゃんと書いておかなくちゃ。
いつか、誰かがこれを見るはずだから。
彼からは相変わらず、電話もない。
でも、すぐに彼は分かるはず。
彼を最初に見た時、必ず彼は私のものになると確信できた。
彼に相応《ふさわ》しいのは、あの子ではなく、私なのだと強く感じた。
こんなことは初めてだ。
他の男たちは、単なる私のファンだ。
私の外見に見蕩《みと》れ、下心見え見えのお世辞を言い、隙あらば距離を縮めてくる。
彼には、そういうわかり易いところは見られなかった。
最初は戸惑い、苛々《いらいら》することもあった。
彼の目は、いつもあの子を見ていたからだ。

あの頃、彼はまだ気付いてはいなかった。

彼の中にある黒い穴を埋めることができるのは、私しかいないということに。

けれど、すぐに彼も気付いてくれた。

私の目の奥の、彼と同じ黒い光に気付いたからだ。

私たちは同じ種類の人間。

あの無邪気で能天気な子になど理解できるはずがないのだから。

彼はうまくやったと思う。

あの子との別れのシーンは、私の計画どおりに進んだ。

けれど、彼は一度だけ私を裏切った。

私と別れて、あの子とヨリを戻そうとした。

バカだわ。そんなこと無理なのに。

あの子は見かけより頑固だもの。一度離れた男を許すような女じゃない。

だから、彼がまた裏切るようなことがないように、私はこのマンションに越して来たのだ。

けれど、まだ、彼は知らない。

彼が住むフロアの五階上に、私が住み始めたことを。

部屋がきれいになって、私と彼に相応しいものになったら、彼に伝えるつもりだ。

これで、彼は私と一生離れられないことを知るに違いない。

ストーカー？
何でもいい。
大丈夫。
このマンションの部屋代くらい、簡単に払ってくれる男は何人もいる。
ちょっとだけ甘えて、その倍くらい冷たくすると、あの連中は私の言いなり。
でも。
あの中の一人には、少し用心しないといけないな。
全部バラされたら、彼との暮らしも終わりになってしまうもの。
この日記も、見つかったらかなり危ないことになりそう。

捜査　V

中谷の部屋を飛び出して怜子が自宅に戻ったのは、日付が変わる寸前だった。

悪びれた様子こそ見せたものの、元妻が今でも中谷の暮らしを案じ、時々家事をしに来ることを平然と口にすることに、怜子は怒りを通り越して脱力した。

『離婚の原因が自分の浮気だったから、罪滅ぼしのつもりなんじゃないか？』

そういう男女の関係は理解できそうもないが、中谷のダメンズぶりを心配する元妻の気持ちは少し分かる。娘がいれば、尚更《なおさら》だろう。

〈って、納得していいのか、私……？〉

新宿のいつものバーに行き、何の躊躇《ちゅうちょ》もせずにカウンター席に腰を下ろした。

先日のバーテンダーの姿はなく、黙々とバーボンソーダを飲み続ける怜子に、声をかける店員はいなかった。

やけ酒ではない、と自分に言い聞かせていた。

単なる気分転換だ。

重い気持ちを抱えて帰ったとしても、あの家は何の安らぎも与えてはくれないからだ。

ここ何日か治まっていた過食を、またぶり返すのは嫌だった。

幸い、誰も家にいる気配はなかった。

大輔はまだアルバイトから帰る時間ではなく、里美は友人宅に泊まりがけで飲みにでも行っているのだろうと思った。

里美が夜にいないのは、近所のコンビニか、その独身の友人宅に出かける時だけだからだ。

一人の家は快適だ。

久しぶりにゆっくりと湯に浸《つ》かると、中谷との後味の悪い時間が消えて行く。

大庭からのメールに気付いたのは、ベッドに入って間もなくだった。

《モナムールに行ってきた。ママの話では、やっぱり山科はヤクをやっていた疑いがある。それと、ヤツのアリバイは裏が取れた》

大庭はどういう聞き方で晴美から覚醒《かくせい》剤の話を聞き出したのだろう……。

それに、アリバイの裏が取れた……？

眠気と酔いが、いっぺんに吹き飛んだ。

メールを打つのももどかしく、怜子はすぐに電話をかけた。

昼前、怜子と大庭は渋谷のオープンカフェにいた。

「何だか、君とコンビで捜査している現職刑事みたいな気分になってきた」

大庭はそう言って、満更でもない笑みを浮かべた。

怜子にとっても、原田の他は誰も味方のいなかった違法捜査だ。

マリに引き寄せられたのか、誰かの策略かは分からなかったが、マリの死に無関心でいるわけにはいかなかった。

大庭もまた、別な意味でこの事件に決着をつけようとしているのだ。

公の捜査でなくとも、これも刑事としての仕事に変わりはない。

「大庭さん、そこら辺の刑事より、ずっと頼もしいですよ」

本心だった。

原田は情報仕入れ担当としては優秀だが、自分の立場を擲《なげう》ってまで協力してくれるとは思わない。

もちろん、若く将来のある原田の足を引っ張るのは本意ではない。

そこら辺って……と、笑いながらも、大庭は満更でもなさそうな顔をした。

「モナムールのママには、刑事だと言ったわけではないですよね？」

「もちろん。元、刑事だとは言ったけどな」

大庭はしれっと言った。

「元ってところは、小さい声で言ったんですよね？」

「当然だろ」と、今度は真面目な顔付きで言った。

「それで、アリバイの裏が取れたって、誰か別な証言者が見つかったんですか？」

「あの夜、モナムールからカラオケが流れていたのを聞いた人間がいたんだ」

カラオケ……？

「男女のデュエットらしくてな。ヒドい声でうるさかったと」

「誰ですか、その人」

「隣で［すみれ］っていう一杯飲み屋をやってるバアさんだよ」

モナムールに行く前に、大庭は商店街の何軒かの飲食店や青果店で、モナムールの評判を聞いて回ったらしい。

「ママの虚言癖の噂が本当だったら、本人に先に当たると情報が混乱するだろ」

大庭が聞いた限りでは、モナムールのママ、晴美の評判は大方良くなかった。

特に、隣接する［すみれ］の店主の老女とは犬猿の仲だった。

そう言えば……。

隣も晴美の店と同じ様に、古い小さな飲み屋だったことを思い出した。

隣接する店のカラオケは、相当迷惑だったに違いない。

怜子が訪ねて行ったあの時、晴美はさも憎々し気に言ったことを思い出す。

『隣のババアよ。うちのカラオケがうるさいって通報したり、ゴミの出し方がどうのって難癖つけるから怒鳴り込んで行ったのよ。そしたら、被害妄想だって、人を異常者扱いしてさ。僻《ひが》んでるのよ、うちの方が繁盛してるから』

「そのカラオケが聞こえた時刻が夜の9時あたりから12時近くまでなんだよ」

村雨マリの死亡推定時刻は22時から23時の間だ。

怜子は、また先日の晴美の言葉を思い返す。

『何か仕事がうまくいったとかで、珍しくワインなんかも飲んで、カラオケで楽しそうに歌ってたわ……』

「……でも、歌声だけでは、その歌っていた男が山科だとは断定できないんじゃないですか？」

「もちろん、山科の顔は確認してもらったんだけどな」

大庭がスマホに保存していた山科の顔写真を見せると、老女は何度も頷《うなず》いたという。

「山科を見たんですか？　っていうか、自分の店の客でもないのに、あんな特徴のない男を覚えているなんて……」

「俺もそう言ったら、あのバアさんいきなり怒りだしてな……」

笑いながら、大庭は上着の左上部のポケットから万年筆を抜き取り、怜子に差し出した。「まあ、聞いてみてくれ」

「録音してたんですか？」

ペン型のボイスレコーダーだ。

ヘッドをノックすると、すぐに老女の声が聞こえ始めた。

『あたしを誰だと思ってんの。この飲屋街のまとめ役を三十年もやってんのよ。この辺りにしょっちゅう出入りしている客の顔くらい覚えないでどうすんのよ。間違いなくこの男だってば！』

次に大庭の声も聞こえてくる。

『じゃ、この男は間違いなくモナムールにいたんですね？』

『そうよ、あの男、いつも裏口から入っていくから変だなって思ってたのよ。てっきり息子だと思ってたら違うって言うじゃない？　やあね、いい歳してさあ』

『カラオケがうるさくて苦情を言いに行かれたんですね？　それは何時頃でした？』

『10時過ぎくらいよ……あのママが出て来たけど、中にあの男がいるのが見えちゃったのよ。ずいぶん酔っ払ってたけど、あの男、殺人犯だったって言うじゃないの。もうびっくり……』

怜子は一旦《いったん》音声を切って大庭に顔を向けた。

「モナムールのママは、他には証言者はいないって言ってましたよ」

『店が休みだから、二人きりで飲めたのよ。あの人のことは誰にも言ってないもの。一応、不倫の関係だし……』

確か、晴美はそう言った。

「借りを作りたくなかったんじゃないかって。それに、山科のことを見られたとは思ってなかったんじゃないかなって、バアさん嬉《うれ》しそうに話してたよ」

「借り……ですか」

愛人の名誉より守らなければならない対抗心……？

「長年、張り合って生きてきたんだろうよ」

山科のアリバイが確実だとすれば、マリと山科、そして石崎を殺害した者の動機とは……。

「それで、山科がヤクをやっていたという証拠というのは？」

「物証はない。それらしき話をしていたというママの証言だけだ……」

怜子は、中谷から聞いた石崎の弟の話をした。

覚醒剤の売人の嫌疑をかけられたという弟のことと、石崎のバックに松倉組会長の大物がいるということを。

「それなら、単純に考えても覚醒剤繫《つな》がりに思えてくるな……」

「そのママの証言って、本当なんですよね？　私にはそんなこと何も……」

「何か不満そうな顔だな」

「あ、いえ……」

大庭はニヤリとした。

「俺はこれでも男だからな。ああいうオバちゃんは、君みたいに娘のような若い女には言えないこともあるんだよ」

怜子は、晴美の顔を思い出した。

「ああいうタイプは、人が好《よ》くて情に厚い分、ものすごく孤独な人が多い。最初は、存分に話したいことを話してもらって、その孤独を薄めないと、こちらの聞きたいことを素直に話してはもらえないんだ」

晴美は、山科の愛人だったということと、あの日のアリバイを一笑されたことで警察を恨んでいたことを長々と話したという。

「あのママさんに虚言癖があるらしいことは知っていますよね」

「ああ。話している途中から興奮気味になるしな、だが、山科に関したことは今更嘘を言っても仕方ないだろう」

「ヤクって、覚醒剤でしょうか？」

向かい側の席に座る大庭が少し体を前に倒した。

日曜日の昼下がりだ。

近くのテーブルには、若いカップルや親子連れがいた。

「種類までは分からなかったらしいが、山科が誰かにもらったものだと言って、煙草のような物を吸ったことがあったらしい。その時は別に興奮状態になったわけではなかったみたいだけどな」

吸う……？

「それなら、大麻かも？」

大麻を常用する海外のミュージシャンたちの影響もあり、音楽制作業界では、大麻は薬物のうちには入らないという風潮もある。

大庭は少し考える目をした。

「あの時の山科の行動は、大麻というより、やっぱりもっと強力なやつだと思う」

違法薬物の捜査は、〈組対《そたい》〉と呼ばれる組織犯罪対策部の仕事だ。

暴力団の組織犯罪にまつわる銃器や違法薬物の取り締まりなどに対応する組織だ。

「組対にマークされていたとか前科《まえ》があれば、捜査本部の会議で報告があったと思うし、組対からも捜査員が出張るはずだ……」

〈マークされていた……？〉

怜子は、傍に置いてあったタブレットを操作した。

「私も、例の動画に気になることを見つけたんです」

石崎の映っている動画で、昨日、中谷の部屋で気付いた箇所にコマを送る。

それは、原田が石崎に気付いてスマホで撮影を始めてすぐのことだ。

スマホを弄《いじ》りながらホームの列の先頭に立つ石崎の背後に人が並び始める。

石崎の背後をすり抜けた男が石崎の背中にぶつかったのは間違いなさそうだが、そのことばかりに目を奪われて、周囲の他の人物にまで注意を払わなかった。

昨夜、中谷の部屋で目に留まったのは……。

「この、男なんですけど……」

石崎の斜め後ろの、自販機の辺りをズームした。

黒ずくめの服装にキャップを被《かぶ》りマスクをしている男が、両腕を上げてスマホを構えている。

「何か撮影しているのか……？」

怜子は画像を元に戻した。

「石崎を撮影しているように見えませんか？」

男と石崎の間には、数人の男女が立っていて、左右から移動する者も見える。

その男は、石崎がホーム下に転落する瞬間までスマホを構えている。

「見えなくもないが、もしそうだとしても、何で石崎を……」

まさか……と、大庭は言葉を切った。

「ええ。石崎の背中を押した男の共犯者だったら」

仮にその推測が正解だとしたら、その二人に石崎殺害を依頼した者への保険ということも考えられる。

実行犯の身元が割れて逮捕された場合に、その写真や動画は、依頼を受けていたことを証明する証拠に成り得るからだ。

「しかし、金のために殺人を請け負うヤツらが、そんなに用心深いとは考えられないな」

大庭には刑事として強行犯を見て来た経験がある。

「そういうヤツらは、割と単純なヤツが多いんだ。後先のことなんかどうでもいい。殺す相手や依頼者のことなど興味はないヤツがほとんどだ」

直接手を下す相手は知らない他人に限る、というのが本音であり、ターゲットは初対面で、できれば名前すら知らない方が良い。

「ヤツらにとっては、単に仕事だからな」

「ですよね……」

依頼する者にとってもその方が好都合であり、そういう者を選んで依頼する。

そのルートは複雑で、間には闇のルートや複数の人間が介在することが多いことは、怜子も知っている。

「やっぱり、この実行犯を突き止めなければ……」

後ろで撮影している男より、石崎の背を押したかもしれない男の映像の方が鮮明だ。

「鑑識に誰か知り合いはいるか？」

大庭の考えは分かっている。

原田に電話を入れるが、予想通りの留守電だった。

休日の日曜日だ。当直でなければ、原田が本庁にいる可能性は低い。

原田に、鑑識課の〈融通が利く〉知り合いがいるだろうか。いなければ、直ちに知り合ってもらうだけだ。原田にとっては迷惑極まりない依頼だろうが、他に方法はなかった。

すぐにメールを送ると、数分後に返信が来た。

《了解。鑑識課の新人に頼んでみます》

原田の人脈はどこまで広がっているのか。

若い刑事が、あの閑職で満足するわけはないが、原田なりに現場に戻るチャンスを探しているのだろうと思った。

「この男の映像をもっと鮮明化すれば、前科者リストと照合もできる。前科がなくても、駅の防犯カメラから顔認証で追跡すれば何か分かるはずだ」

大庭の提案のように、映像を鮮明化するには、鑑識官の協力が必要だ。

あらゆる画像解析を専門とする民間会社もあるが、公ではない殺人事件の捜査資料を依頼するわけにはいかない。

「他に誰か鑑識に顔の利くヤツはいないのか？」

中谷の顔がチラリと浮かんだが、怜子は首を振った。

「今のところ、俺たちは何の証拠も握っていないんだ。せめて推測を立証するものを手に入れないとな」

頷《うなず》き、怜子はタブレットの中にメモを記した。

《現段階で明確になっていること――。

村雨マリ殺害の容疑者だった山科はシロ。

山科を事故に見せかけ殺害したのは石崎。

石崎を殺害したのはX（プロの可能性）

石崎の弟は以前、覚醒剤《かくせい》と関係あり。バックに大物（松倉組会長）

その現場を撮影していたY（Xの共犯者もしくは依頼者？）
X、Yの依頼者が別人（Z）であるなら、その正体と動機、マリとの関係は？》
書き終えて、怜子は大庭に顔を向けた。

「私は、石崎殺害の実行犯とマリの当時の交友関係を調べます。大庭さんは、山科の薬物使用について、探ってもらえませんか？」

「わかった。組対に知り合いはいないが、三課の近藤に山科に近い売人がいなかったかどうか調べてもらう」

「気をつけてくださいね。誰か、私たちの動きを張っている可能性もありますから」

「ウェブサイトのメールを送ってきたやつだな……だが、阻止するというより、君の興味につけ込んでいるんだと思う」

動機は不明だが、大庭の言う通り、そう考えるのが自然だ。

「この事件が解明されて、得をする人物……？」

再び、怜子の頭に横沢と中谷の顔が浮かんだが、すぐに打ち消した。

「思い当たりません。もう四年も前の事件ですし、そもそも私が見逃すことだって考えられるじゃないですか」

「それはそうだが、こうして君は捜査を始めて、関係する石崎は殺された……石崎があの事件とは別のことで始末されたんだったら話は変わってくるけどな」

言葉の最後の方は独り言のように言って、大庭は腰を上げた。

大庭の背中を見送り、怜子は十二年ぶりにある所に電話を入れた。

世間では休日でも、あの業界には世間一般のような休日は無い。

案の定、電話は留守電に替わる事は無かった。

電話に出た女に用件を告げ、港区高輪《たかなわ》に向かう電車に乗った。

地下鉄の白金《しろかね》高輪駅に下りるのも、十二年ぶりだ。

目的のビルは外装を変えていて、うっかり通り過ぎてしまうところだった。

以前は白いタイル張りの外装だったが、今は剝《む》き出しのコンクリートで、真っ赤な窓枠がアクセントの洒落《しゃれ》たビルになっていた。

だが、エレベーターで五階に上がると、覚えのある廊下と幾つかのドアが目に入った。

怜子は迷うことなく、社名が書かれている古いプレートの前に立った。

［ライラックプロモーション］

かつて怜子が在籍していたモデル事務所だ。

インターホンを押し名前を告げると、すぐに内側からドアが開いた。

ドアの中で一瞬だけ戸惑いの表情を見せた女は、すぐに相好を崩して叫んだ。

「うっそお！　レイちゃん？　本当にレイちゃん？」

女は、高島《たかしま》という怜子の元マネージャーだ。

「突然でごめんなさい……お久しぶりです」

懐かしさで和みそうになる気持ちを引き締めた。

事務所内のデスクやソファの配置は昔と変わらず、匂いさえも同じに感じた。

高島の他に営業担当の若い男がいたが、挨拶《あいさつ》を済ますとドアの外に消えた。

「本当にびっくりしたわ。レイちゃんにはもう会えないかもしれないと思っていたのよ」

珈琲《コーヒー》を差し出しながら、怜子の向かいに座った高島は、感慨深げな声を出した。

高島はすでに五十歳を超えているはずだ。

想像したよりだいぶ太ってはいたが、定番の黒いスーツ姿に変わりはなかった。

以前、怜子はその地味な服装について尋ねたことがある。『モデル事務所のマネージャーなんだから、もっとお洒落でいいんじゃない？』と。

高島はケラケラと笑いながら答えた。『歌舞伎の黒子《くろこ》って、知ってるわよね？』と。

堅太りで大柄な体型をカモフラージュするためではなく、モデルを伴い売り込みに行く時の戦闘服のようなものだと言っていた。『傍にいるモデルを引き立てるのが私の仕事』とも。

仕事とはいえ、他人を引き立てるために黒子に徹する人生って……。

若かった怜子には到底理解不可能だったが、今は理解できる。

仕事は黒子の立場でも、それが人生の時間の全てではない。

高島には夫も子どももいて、今も平和な家庭生活があるはずだった。

現在は先代社長の後継者だと言い、高島はカラフルな名刺を差し出した。

「レイちゃんが警察官になったって聞いた時はびっくりしたわ」

警察学校に入る時も、母の里美に泣きつかれたと言う。

「お母さんは、どうしてもレイちゃんを女優にしたかったのね。レイちゃんを説得して芸能事務所に売り込んで欲しいって……」

知っている。あの当時の里美の執念は異常だった。

「今日は仕事で来たんです」怜子は警察手帳を取り出した。

「わあ、カッコいい！……それって本物よね」

知った者に手帳を見せると、ほぼ全員が同じ反応をするが、高島のテンションは、それらの倍以上だ。

「村雨マリさん……マリのことなんですけど」

高島の興味を断ち切って、怜子は本題に入った。

途端に、高島は真顔になった。

「あの事件を捜査してるの？　レイちゃんが？」

高島が驚くのも無理はない。

マリと決別した理由の詳細は、高島にも話してはいない。

ただ、怜子が事務所を辞めた原因はマリにあるということは知っているはずだ。

「もう四年も前になるのね。あの時はショックだったわ。でも、マリは大きな契約をしていたわけではなかったから、事務所に被害はなかったけど」

あ、こんな言い方しちゃマリに悪いわね、と付け加えた。

「何であんな死に方しなきゃならなかったのかしらね……」

怜子は、四年前の事件前後の、マリのスケジュールや私生活について知りたいのだと伝えた。

高島は奥の別室に一旦《いったん》消え、すぐに分厚いファイルを持って来た。

「警察に提出したものだから、そっちにもコピーかデータがあったら特別新しい手掛かりなんかないとは思うけど……」

そのデータ化は、怜子の仕事になるはずだった。

ゆっくりとページを繰っていくと、怜子が手に入れた捜査資料にはない細かな事実に幾つか気付いていく。

たとえば、マリの家族関係の詳細。高校時代、この事務所に自ら売り込みに来た事実など……。

文字を追っていくと、怜子が知らなかったマリの姿が次々と現れてくる。

「マリの母親はね、二十歳の時にマリを産んだらしいんだけど、育児放棄を近所から通報されて、マリは中学に入るまで親戚《しんせき》の家や施設で育ったのよ」

マリは高校在学中に自立を目指し、自分の容姿を武器に売り込みに来た。

その日本的な顔立ちと西洋的な均整の取れた美しい姿態は、当時のオリエンタルブームの再来にヒットし、業界でも評判になった。

怜子が初めて顔を合わせた時は、マリが十八歳、児童劇団からモデル事務所にスカウトされた怜子は二歳下だった。

ファイルの下の方に、何枚かの写真が無造作に入れられていて、そこには、怜子と肩を並べてポーズを取る写真もあった。

ほとんどは宣材用の写真だったが、スナップ写真も幾つかあり、その中の一枚に、怜子は息を呑《の》んだ。

「ああ、その写真、懐かしいわね。レイちゃんが辞めてから少し後の春だったかな？」

写真は代々木《よよぎ》公園の中でのイベント風景だ。

四人組のバンドを背に、マリがマイクを持って歌っている。

「マリって歌はダメだったわよね。その時はファンクラブのイベントで、ファンへのサービスで歌わせてみたんだけど、ドン引きされちゃって……」

笑いながらも、しんみりと話す高島の声を聞きながら、怜子は写真を持つ自分の指が細かく震え出すのを感じていた。

「この、バックに映っているバンドの人たちって……プロじゃないですよね？」

怜子の動揺には気付かない様子で、高島は軽い調子で答えた。

「うん、プロじゃないわよ。マリが合コンで知り合ったバンドサークルの子たちよ。ギャラ無しだけど喜んで手伝ってくれたわよ」

「合コン……？」

「マリはあの頃はだいぶお盛んで……この子たちの誰かと付き合ってたのかもね。夜遊びが過ぎて仕事に遅刻したり、問題児だったわ。でも、ここの看板モデルだったから甘やかしちゃった私たちも悪かったのよね」

「彼らの名前は覚えてますか？」

「ごめん。それは無理だわ。顔も忘れていたくらいだもの」

高島はあっさりと言い、興味がないのかすぐに別の写真に見入った。

一人を除いた三人の男の顔に、怜子は見覚えがあった。

けれど……。

『警察官が嫌になったら、連絡してね。うち、主婦やシニア部門のマネージメントも始めたの。レイちゃんならまだまだいけるわ』

ビルの下まで送ってきた高島は、笑いながらも真剣な眼差《まなざ》しを向けてきた。

怜子は笑顔で手を振り、地下鉄への階段を下りた。

〈主婦やシニアって……私、まだ独身だしシニアでもないんだけどな〉

高島に言えなかった言葉を、頭の中で言ってみる。

夕暮れ時の地下鉄は、休日のせいかいつもより空《す》いていて、シルバーシートに腰を下ろした怜子は、向かい側の車窓に映る自分の姿をぼんやりと見ていた。

高島に会ったお陰で、少しずつ何かが繋《つな》がって行くのを感じたが、それには大きな不安も伴っていた……。

ぼんやりしていたにも拘《かか》わらず、数駅先での乗り換えも間違わなかった。

間もなく神楽坂駅に下り立った時、怜子はようやく深い呼吸をした。

その途端、昨夜の中谷との時間を思い出した。

中谷とは今までに昨夜ほどの言い争いはしたことがなかった。

中谷が元妻の出入りに気付いていなかったことだけは救いだったが、その無神経さが気に入らなかった。〈フッー、鍵《かぎ》くらい換えないか？〉

少し躊躇《ためら》ったが、今は、高島から譲り受けた写真の方が大事だった。

この捜査に協力を仰ぐためには、話さなくてはならないことだ。

スマホで電話をかけると、いつもの中谷の声がした。

『来るんだったら、何か食料買ってきてくれる？』

昨夜の言い争いは、すでに中谷の中では過ぎたことになっているようだった。

だが、その無神経さが今は救いだ。

途中のコンビニで冷凍パスタや総菜を買い、数分後には部屋に着いた。

「何か摑《つか》んだっていう顔してるな」

昨夜と同じパジャマ姿の中谷が、窺《うかが》うような目をして缶ビールを開けた。

怜子は、コートを脱ぐのもそこそこに、ローテーブルの上に写真を置いた。

「十二年前のマリの写真……バンドの男たちの顔をよく見て欲しいの」

写真を手にした中谷の目が見開かれた。

「ギターを弾いているのは、山科か……ドラムは……石崎？」

まだ二人とも若いが、それぞれ体形に変化はなく、顔の特徴で今まで目にした二人の顔とすぐに結びつく。

「ヤツらはこんな昔からの付き合いだったのか……後の二人は誰だ？」

「キーボードの男は私も知らないけれど……」

残る一人、ベースを抱えている長身の男は、怜子の記憶の底に貼り付いたままで決して忘れることのできない男だ。

野上正樹《のがみまさき》。

この写真が大学卒業間近の春頃だとしたら、現在は三十六歳のはずだ。

「知り合い？　もしかして、元カレとか？」

そう言ってから、納得したように二回頷《うなず》いた。「やっぱり、そういうことか」

当時交際していた野上正樹を、村雨マリに紹介したのは怜子自身だった。

マリが女性誌の表紙を飾るほどの売れっ子モデルだった頃だ。

怜子は当時、「ライラックプロモーション」にモデルとしてスカウトされ、休日になると事務所に顔を出すのが習慣となっていた。

ハーフモデルや芸能人の二世タレントなどは、新人でも雑誌やテレビの仕事に恵まれたが、怜子のようなコネを持たない新人は、もっぱら事務所の雑用の手伝いや、マリのような売れっ子の荷物持ちに駆り出されていた。

けれど、無給というわけではなく、高校生のアルバイトとしては十分満足できた。気位の高いモデルやタレントたちとは違い、マリは優しく穏やかな性格の持ち主に見え、後輩たちにも慕われていた。怜子もその一人で、マリの謎めいた雰囲気に憧《あこが》れるようになった。

同じ事務所に所属していたとはいえ人気モデルのマリとは違い、当時の怜子は、いわゆる二軍のモデルだった。

けれど、怜子はモデルとしての体形に恵まれていて、どんなデザインの服でも着熟《きこな》せた。弱点は、上がり症で口ベタ。スチール写真のモデルとしては使えるが、タレントとしては売りづらいと言われていた。

それに比べてマリは、ファッションブランドのモデルというよりも、本人が醸し出す謎めいた雰囲気を好むスポンサーが多く、タレント性に於《お》いては別格だった。

マリは二歳下の怜子を妹のように思っていたのか、ポージングのダメ出しや化粧の仕方などを熱心に教えてくれた。

高校二年生当時の怜子は、モデルやタレントとしての将来にはあまり興味はなく、父の勧めで大学受験を目指していた。しかし、家庭に経済的な余裕はなく、事務所のアルバイトは辞めることができなかった。

同級生たちのほとんどが塾へ通う中、怜子に塾に通う余裕はなく、進学を半ば諦《あきら》めかけていた。

野上と出会ったのは、そんな過酷な日々が続いていた時期だった。

野上は、怜子が高校入学時に数ヶ月だけ在籍していた軽音楽サークルの先輩だった。秋の文化祭の一環として、サークルが主催した野外コンサートに、OBとして来ていた野上と出会ったのだ。

野上はサークルの女子たちの憧れの先輩だった。

顔立ちは派手ではなかったが、長身で精悍《せいかん》な体つきをしていた。

初めて視線を合わせたあの情景を、怜子は今でも鮮明に思い浮かべることができる。

人気《ひとけ》のない木陰のベンチで、ベースギターの練習をしていた野上……。

何故、あの時、あんなにも素直な気持ちで野上に声を掛けることができたのか、怜子自身にもよく分からなかった。

場所と、野上の佇《たたず》まい、柔らかで誠実そうな眼差し、そして、静寂……。

それらが、怜子に勇気を与えてくれたのは確かだった。

一目惚《ひとめぼ》れではない。話し下手な二人が、何となく近付いただけだ。

だが、メールのやり取りから始まった交際は、二人の距離を確実に近付けた。

そのやり取りの中で、つい受験勉強の困難さを口にした怜子に、野上は勉強の手伝いを申し出てくれた。

それから、週に二日以上、高校の放課後に区立図書館で怜子は野上と会った。

二人は自然に互いを意識し合うようになり、すぐに交際に発展した。

怜子は、野上の容姿はもちろん、生真面目な性格や細やかな神経に惹《ひ》かれた。

野上の夢は、怜子の夢と重なる部分が多かった。

野上は大学で生物学を専攻していて、卒業後は森林に潜む新種の微生物の研究をしたいと言っていた。

怜子はこれといって具体的な夢を持っていたわけではなかった。

ただ、唯一成績の良かった英語が生かせる仕事に就き、早く自立したいと願っていた。

共通するのは、シンプルな人間関係の中で暮らしたいということ。

一年半後、怜子は私立大学に入学を果たし、野上は希望する研究所ではなかったが、製薬会社の内定を貰《もら》うことができた。

二人は、怜子が大学を卒業する四年後には一緒に暮らす約束をしていた。

「それがどうして村雨マリと……？」

中谷は怜子の話を遮り、二つ目の缶ビールを開けた。

確かに野上は女子に人気があった。

だが、そのことに野上自身が浮かれているような様子は決して見られなかった。むしろ当惑し、他人事《ひとごと》のように無視しているようなところがあった。

「じゃあ、そのモデルがよほど強烈にアタックをしたのか。怜子のカレシと知っていながら？　女って怖いねえ……何か彼女に恨まれるようなことをしたとか？」

その頃、マリに民放テレビからドラマ出演のオファーが来ていた。

他にも高額ギャラが見込まれるCM出演のオファーもあり、事務所が交渉を長引かせている間に、マリはアイドルグループのメンバーとの密会をスクープされてしまった。

当然CMの話は白紙になり、ドラマの仕事も含む数々の仕事を失うことになった。

「そのドラマの仕事が私に回されて、マリと私の担当マネージャーが入れ替わったのよ……それから、マリは私を避けるようになったわ」

ラインは既読になるも返信はなく、怜子はマリに何度もメールを送った。

ドラマ出演など考えた事もなく、ましてマリの仕事を奪う形になったことで、怜子は事務所に辞退を申し出た。

『そうはいかないわよ。お母さんに聞いていないの？』

担当マネージャーの高島が呆《あき》れたように言ったことを思い出す。

母の里美がドラマのギャラの半分を前借りしていたのだった。

怜子が辞退できるわけがなかった。

『だって、大学の入学金のローンもあるんだから仕方ないじゃない』

母の言い訳が真実かどうかは分からなかったが、公立大の受験に失敗し、私立大に入学していた怜子に抗《あらが》う術《すべ》はなかった。

当時、怜子の父親とは別居中だった。夫婦の間に具体的に何があったのかは知らされていなかったが、良妻賢母と思われていた里美には浪費癖があり、それが原因のひとつであることは間違いなかった。

「離婚の話も出ていたと思うけど、父からは毎月生活費は送られてきていたし、私や弟の学費にも心配はなかったはずだけど、母はいつもお金の話ばかりしていた……」

「浪費癖の原因もストレスだっていうじゃないか。きっと夫婦の間で他に問題があったんだろうな……」

離婚経験者の中谷が、遠い目をして呟《つぶや》いた。

そのテレビドラマは、民放テレビB局の開局70周年記念番組で、サスペンス調のヒューマンドラマだった。

ワンシーンのみ出演の端役ではあったが、宣伝効果が期待できる、新人女優の登竜門と呼ばれる企画のひとつだった。

気の重い日々が続いたが、受け取ったドラマの台本に自分の名前が印刷されていたのを見た時は、少し嬉《うれ》しかった。

タイトルはまだ決まってはおらず、仮として『名もなき森』とあった。

家出した女子校生が刺殺体で見つかり、その犯人を捜し歩く父親が主人公だ。

物語の終盤で、実は女子高生の交際相手の母親が殺害に関わっていたという衝撃の結末だ。

怜子の役名は「女子高生A」。

渋谷の繁華街をうろつく家出少女で、行方不明の娘を捜す主人公に声をかけられるというシチュエーションだった。

セリフは三つ。

『オジさん、いくらくれんの？』

『へえ……大変ね』

『ふざけんな！』

たったこれだけだったが、野上に相手役を頼んで何度も練習をした。

初めて手にする台本は、暇潰《ひまつぶ》しに読む小説などよりずっと面白く、怜子は全ての役のセリフを覚えてしまったほどだ。

その撮影がある半月くらい前のことだった。

いきなりマリから電話が入った。

久しぶりに聞くマリの声は、今までどおり明るく艶《つや》やかだった。

しばらく友人宅に居候をしていたというマリに、噂も下火になったので事務所から仕事に復帰するよう連絡が入ったということだった。

『それでね、厚かましいんだけれど、引っ越しの手伝いをお願いできたらなって……』

契約不履行でスポンサーなどに支払った多額の違約金のため、一度引き払ったマンションを再び借りる余裕はなく、事務所が所有する新人用のアパートへ入居することになったのだと言った。

「断る理由はなかったわ。マリは私を恨んでいるかもしれないとずっと思っていたから嬉しかった……」

その時の怜子に、その後の展開が想像できるはずもなかった。

運命は、思いがけずに方向転換をする。

その引っ越しの手伝いに、怜子は野上を連れて行った……。

「取られちゃったわけか」

軽々しい言葉で相槌《あいづち》を打つ中谷に腹が立つが、そういう言葉で終らせた方が傷は浅いのかもしれない。

「そ。取られちゃったの」

予想外の展開だった。

けれど、しばらくは野上の態度に変化はなかった。

いつも穏やかで、怜子の愚痴や迷いに辛抱強く付き合ってくれた。

時々会う父や、もちろん母の里美より、ずっと大切な存在になっていた。

ただ、それは、野上の変化に怜子が気付いていなかっただけのことだった。

ドラマの撮影当日、主役の若者が腹痛を起こし、三日後に延期になった。

緊張の糸が切れ、無性に野上の声が聞きたくなった。

地下鉄のホームで、反対方面の車輛《しゃりょう》に乗り込むマネージャーの高島に手を振り、怜子はスマホを取り出した。

何度かコールした後に、電話に野上が出た。

野上の声の背後に雑音やアナウンスの声が響いていた。

それは、何故かスマホを当てていない方の耳からも聞こえ、思わず周囲を見回すと、同じホームの数メートル先で、スマホを耳に当てている野上の姿が目に入った。

『……今、どこ？』

見えたのは、野上だけではなかった。隣に、腕をからめたマリも見えた。

怜子の問いに答える前に、野上も怜子に気付き、その動きを止めた。

マリは野上と怜子を交互に見てから、ゆっくりと怜子に歩み寄って微笑み、耳元で囁《ささや》いた。

『レイちゃんにはちゃんと話しておいた方がいいわねって前から話してたの。丁度良かったわ』

呆気《あっけ》に取られている怜子に、マリは更に体を寄せて囁いた。

『じゃあね……ドラマがんばってね』

声もなく立ち尽くす怜子に背を向け、マリは悠然と野上の元に戻って行った。

野上の目はその間、ずっと空《くう》を見ていた。

怜子がたまらず一歩を踏み出した時、マリは野上の腕を引き、発車寸前の電車の中に野上を引き入れた。

ドアが閉じる瞬間、野上は我に返ったような目で怜子を振り返った。

ほんの一瞬だけ視線が合ったような気がしたが、電車はあっという間に遠離《とおざか》った。

怜子はぼんやりとしたまま、手の中のスマホを耳に当てた。

電話はすでに切れていた。

《ふざけんな……》

その日、渋谷で撮影があることを、マリは知っていたに違いなかった。

何よりもショックだったのは、野上がマリに逆らわずに茫然《ぼうぜん》とした顔のままでマリに従ったことだった。

その晩から発熱した怜子は、三日後の本番撮影に行く事はできず、結局、再びマリの手に台本が渡ることになった。

「それこそドラマの筋書きみたいだな。で、二人とはそれっきり？」

中谷は、すでにもう興味を失ったような言い方をした。

それっきりなら、怜子も気持ちの落ち着き先を探すことができたかもしれなかった。

その後、野上から一度だけ電話があった。

『ごめん……』

そのひと言に、怜子は傷ついた。

それは、怜子の最悪の想像を現実にする言葉だったから。

反射的に、怜子は電話を切った。

『誤解しないで欲しい。マリさんに頼まれて仕方なく買い物に付き合った』とか、『怜子の先輩だから、断れなくて』という、陳腐な言葉を何度も想像していた自分が惨めだった。

マリからは、体調不良の怜子への見舞いとしてアレンジメントフラワーが届いた。

それは、心を癒す色合いの花ではなかった。

白いマーガレットとかすみ草の束の中心に、紫色の数本のアザミ。

何か意味有り気なアレンジに、アザミの花言葉を検索した。

「復讐《ふくしゅう》？　女って、面倒くさいことするんだな」

中谷はウンザリしたような声を出した。

「若かったしね……今なら笑えるけど、その時は腹が立ってゴミ箱に放り投げたわ」

それからの数ヶ月を、怜子はどう過ごしたか覚えていなかった。

食事をする度に吐き、気が付くと、食べ物の匂いを嗅《か》ぐだけで吐き気を催していた。チャンスを逃した事に怒っていた里美も、日に日に痩《や》せ細る怜子に不安になり、マネージャーの高島の勧めもあって大学病院で検査を受けることになった。

診断結果は「極度なストレスによる摂食障害」。

カウンセリングを受けて抗鬱剤《こううつざい》を処方されたが、本当の意味で怜子を救ったのは父の孝之だった。当時別居していた孝之が、里美との関係も考慮して、アラスカへの短期留学を勧めてくれた。いつかは冬のアラスカに行きたいと言っていた怜子の言葉を覚えていたのだ。費用は孝之が親戚《しんせき》から借りたのだと後で知った。

「その時の怜子に言ってやりたいな。将来、もっといい男に巡り会えるって」

唐揚げを咀嚼《そしゃく》する中谷の口元を見ながら、怜子はため息を吐いた。

〈誰のことだよ……〉

「で、この野上っていうベースマンの所在は分かっているのか？」

「アラスカから戻ったら連絡しようと思っていたけど、父の急死でそれどころじゃなくなったのよ」

あの頃の混乱を、もう思い出す気力はない。

ただ、アラスカに届いた野上からの手紙は、未《いま》だに捨てられないでいる。

あの時、返事のメールをすぐに出していたなら、今とは違う未来にいたのかもしれない……。

後悔はない。そう思いたい。

時間が流れた。ただそれだけのことだ。

そして、いつしかマリの華々しい噂も消えていた。

「その野上というヤツの身元確認が先だな。ここに写っているヤツらの中で生きているのは、野上とキーボードの兄ちゃんの二人だからな」

言いながら、中谷はスマホを弄《いじ》り始めた。

「野上……野上、正樹……」

しばらく検索していた中谷はスマホを放り出した。

「ダメだ。フェイスブックも高校生とかジイさんばっかりだな」

野上は、今どこで何をしているのだろう……。

今までにも、ふと考えることはあった。

けれど、名前で検索することも、共通の知り合いに問うこともできないでいた。

「山科と石崎、そして怜子の元カレは同じ大学の同期ってことだよな。年齢も一緒だし。だったら、残る一人もおそらく同じ大学だろうな」

『バンドサークルの子たちよ……』と、マネージャーの高島も言っていた。

「その元カレって、怜子と付き合ってた頃はバンド組んでなかったのか？」

野上は、大学は授業で忙しく、バンド活動をする暇はあまりないと言っていた。

だから、高校の軽音祭に来た時、あんなに楽しそうだったのだと思っていた。

「その二人の所在を調べるのが先決だな……」

怜子にもその続きは分かる。

「私立K大学の卒業名簿から、もう一人の名前も分かるかもしれない」

そして、野上の現況も知る事ができるかもしれなかった。

だが、公の捜査として依頼しなければ、個人情報の開示は難しい。

怜子は中谷と目を合わせた。

「分かってるって。何とか調べてみるからさ」

中谷は、いつもの軽い言い方をして、「夕べは悪かった」と、さらりと言った。

日記　Ⅳ

彼の驚いた顔ったら。
まさか同じマンションに越してくるとは思っていなかったのだろう。
でも、それだけ私が彼を思い続けていることは分かってくれたに違いない。
ここまで来るのに、五年もかかってしまった。
私にはこれ以上の望みがないことを理解してくれたのだろう。
ただ、傍にいるだけでいいのだから。
できたら一緒に暮らしたいけれど、それは諦《あきら》めるしかない。
時々、いきなり現れて私を喜ばせて欲しいだけ。

邪魔をするのは、いつも年老いた女たち。
私の母。そして、それ以上に、彼の母。
私が彼に近付くのをずっと怖れていたのは知っている。
エントランスで出くわした時の、あの母親の顔を、私は一生忘れないかも。

ずっと前に、私と彼が別れたとでも思っていたのかな。
彼が私に飽きたとでも？　私が彼を諦めたとでも？
残念でした。それは有り得ない。
ようするに、彼の母親は、私の若さが怖いのだ。
そもそもそこが違うということに、あの女は気付いていない。
彼の心は、若いだけの私に向いているのではないから。
彼は、私という人間の本性を知っている。
彼の痛みを分かってあげられるのは、私しかいない。
そのことを彼も分かっているから、私から逃げることができないのだ。
彼は私と同じ種類の人間だ。
まっすぐな愛情の中で育たなかったから、身体の中に大きな穴がある。
それに気が付いたから、彼は私に振り向いたのだ。

あの無邪気な子にも、彼の苦しみが分かるはずはない。
五年前の、あの地下鉄のホームは最高にステキな舞台だった。
あの時の、あの子の顔が今でも忘れられない。
決して嫌いなわけじゃない。
でも、私の舞台に勝手に上がるのは許せない。

陳腐なドラマのように、嫌味な花束なんかを送りつけたっけ。

でも、本当は、あの時は少しだけ意地悪をしたかっただけだ。

こんなに彼に執着するようになるとは、自分でも驚きだ。

あれから彼は、あの無邪気な子にどんな言葉で別れを告げたのだろう。

いくら聞いても答えてはくれない。

君を嫌いになったから？

君を最初から好きではなかったから……？

そう言ったとしたら、きっとあの子は死んでしまっていたかもしれない。

私が代わりに言いたいくらいだ。

彼は決してそうは言わなかっただろうから。


そんなことを、彼の仲間の男に冗談めかして言ってみたら、
おまえは、怖い女だな、と言った。

あんな男に、おまえ、と呼ばれてぞっとした。

けれど、あんな男でも、今の私には必要なのだ。

いつかは切らなければならない男だけれど。

今の私の強さを維持するためには、あの男の金の力と、あの男から欠かさず届く、あの魔法の粉が必要なのだ。

すぐにでも別れたいけれど、今の私にはまだまだ必要な男だ。
最近、あの男との関係を彼にバラすなどと、生意気なことを言う時がある。
本気かどうかは分からないけれど、その時は死んでもらうしかない。
他にも、私のためには何でも引き受けてくれるファンがいるのだから。
そう。
彼と生きるためには、私は、どんなことでもやってみせる。

捜査　Ⅵ

事態が思わぬ方向へと進んだのは、三日後の朝だ。

中谷の部屋に三日も続けて泊まるのは初めてのことだった。

一昨日《おととい》から週末出勤の代休を取った中谷と、怜子は新婚生活のような時間を過ごした。

その間、原田と大庭には進捗《しんちょく》情報の確認のためにメールを送ったが、これといった進展はなかった。

ここ数日間の疲れもあったが、久々の解放感に包まれ、中谷に隠れて過食をすることもなかった。

出勤する中谷を見送り、実家に帰るかどうか思案しながらテレビを点《つ》けると、怜子の目に見覚えのあるビルの映像が飛び込んで来た。

〈あれ？……このビル……〉

そう思った瞬間、道路に面した銀色のプレートに「株式会社　T&Mミュージック」とあるのが見えた。

『……経営者の坂下美咲容疑者は未だ否認をしていますが、捜査関係者によると、坂下容疑者所有の車からも微量の覚醒剤《かくせい》が押収されたということです……』

マイクを持つ女性記者の脇に、美咲の顔写真が現れた。

〈美咲が逮捕された……？〉

すぐにスマホを取り上げ、大庭に電話を掛けると、逮捕を予想していたのか落ち着き払った声が聞こえてきた。

『やっぱり、思ったとおりだったな』

「大庭さんのリークですか？」

『いや、正確に言えば、近藤と俺のファインプレーってとこかな』

先日、大庭はかつての相棒だった近藤刑事に、山科と覚醒剤の密売人との接点を調査してもらっていた。

『あの業界専門にヤクを売り付ける、それらしき売人がいたんだよ』

以前から近藤が目をつけていた売人だったという。

その人物は暴力団関係者ではなく、いわゆる半グレと呼ばれる連中の一人だった。

半グレとは、暴力団組織には属さない反社会的集団のことだ。

本人に前科はなかったが、今まで検挙された人物やグループにも関わりがあり、神出鬼没の正体不明の男だった。取引現場を押さえることも難しく、これまで現行犯逮捕に踏み切れなかった要注意人物だった。

二日前、大庭は近藤から得た情報から男が根城としている麻布《あざぶ》のクラブに張り込み、男を待った。

男が現れたのは、張り込みを始めてから二日目の夕方だった。

近藤の情報どおり、男はクラブで数時間過ごし、深夜になってタクシーに乗り込んだ。

大庭が尾行手段に使ったのは125ccのスクーターだった。

『刑事の時は、よく張り込みに使っていたんだ。車より目立たないし、小回りが利くからな』

男を乗せたタクシーは、青山の骨董通り近くで停止した。

スクーターを停め、小走りでどこかへ向かう男を追って行くと、男はやがて路地裏の古いビルに入って行った。

「山科の音楽事務所ですね？　現場を押さえたんですか？」

『ああ。クラブを出てすぐに近藤に連絡したんだ』

近藤刑事は、他の捜査員とともに急行し、数分後に男がビルから出てきた瞬間、職質をかけたのだった。

「シロだったら、問題になってたところですよ」

呆《あき》れた声の怜子の耳に、大庭の豪快な笑い声が響いた。

近藤の内偵で、売人の男は一日に数人の客に売りさばいていることは分かっていたという。

『案の定、小分けにしたヤクを持っていたとさ。ヤツは否定したらしいけど、すぐにあの事務所にガサ入れしたら、社長の坂下美咲がトイレに流す瞬間だったらしい』

「危ないところでしたね……だったら、大庭さんのお手柄じゃないですか」

再び大庭の笑い声が響いた。

『俺は張り込みをしてヤツを追いかけただけだ。もしヤツがヤクを持っていなかったら、ガサ入れは強行できなかったかもしれない』

大庭の声を聞きながら、怜子は美咲の顔を思い浮かべていた。

『さっき近藤から電話が入ったんだが、あの売人と坂下美咲の付き合いは、もう十年以上になるらしい』

「ということは……山科が転落死した時は、ヤクで興奮状態だったかもですね？」

『そうだと思う。あの時、すぐに部屋をガサ入れしてたらきっと証拠が見つかっていたはずだ』

山科の転落死で捜査が攪乱《かくらん》され、結局、マリの事件も未解決のまま放置されることになったのだ。

その事実が明るみになっては困る人物が犯人だ。

そして、その人物は、おそらく石崎と関係する人物……。

怜子の中では、すでにあるストーリーが出来上がってはいたが、大庭にそれを伝えるにはまだ少し早過ぎると思った。

『これで、村雨マリと山科の事件はヤクがらみだったことは間違いないな。もしかしたら石崎もそれに関係していたのかもしれない……』

大庭の言葉を待って、怜子は言った。

「実は……石崎もマリとはずっと以前から付き合いがあったことが分かったんです」

まだ、怜子の不安を口にすることはできなかったが、あの四人のバンドのことは大庭に知らせておかなければならなかった。


その数時間後の15時、怜子は本部庁舎の資料室にいた。

呼び出したのは横沢だった。『悪いけど、ちょっと顔を出してもらえる？』

怜子が明日まで休暇を取っていたのを知らないはずはなかった。

「休んでる場合じゃないのよ。今から仕事に復帰してもらうわよ」

電話では薄気味悪い優しい声だったが、顔を合わせるなり命令口調になった。

原田の姿は見えなかった。

石崎の映像の解析はまだなのだろうか。

横沢の用件よりも、その事の方が気になった。

「仕事……ですか？」

何か急ぎのデータ入力の依頼があったのだろうか……。

「ここの仕事じゃないの。すぐに私と下に行くのよ」

「下……？　捜査一課ですか？」

「説明は後で」と、横沢は先に立って廊下に向かう。

慌てて横沢の後を追うと、エレベーターから降りたばかりの原田の姿が見えた。

原田は怜子を見ても意外そうな顔はせず、横沢に頭を下げると、すれ違いざまに怜子に小さな物を差し出した。

　思わず怜子が受け取ると、素知らぬ顔で資料室に戻って行く。

階段を下りて行く横沢の後ろに続き、怜子は手の中のUSBメモリの感触を確かめた。

多分、いや、間違いなく、原田が鑑識の新人に鮮明化を依頼した、あの石崎の画像が入っているのだと思った。

捜査一課に顔を出す理由よりも、怜子は一刻も早くその映像を確かめたかった。

けれど、一課で怜子を待ち受けていたのは意外なものだった。

　しばらく間近で見ない間に、班長の浦山はこめかみに白い物が目立ち始めていた。

あの理不尽な異動から二年。あの時は言えなかった言葉も今なら言えるが、その幾分やつれて見える顔を前にすると、その気力もすぐに失《う》せた。

所詮《しょせん》、浦山も更に上の顔色次第で動くしかない立場だ。

「昨夜、音楽事務所の社長を三課が確保したことは知っているな？」

一課の広い室内に、浦山のしゃがれた声が響いた。

聞こえているのはキーを叩《たた》く音と小さな会話だけ。

一見、数十人の誰もが自分の手元に集中しているように見えるが、彼らが浦山や怜子たちを気にしていないわけはない。

所轄署に出払っている者を除いて、この部屋でキーを叩く刑事たちのほとんどは、事件の捜査に餓えているはずだ。

警視庁捜査一課の刑事としてのステータスは、会議やキーを叩くだけでは実感できるものではない。

「覚醒剤《かくせい》所持で確保された、あの女社長の件ですよね……？」

怜子はそっと横沢の顔を窺《うかが》った。〈まさか、勝手に捜査していることがバレた？〉

「その坂下美咲の供述で、四年前のある未解決事件の証言が取れたんだが……」

怜子は喉元《のどもと》まで上がった言葉を飲み込んだ。

ここは初めて聞く内容にしておいた方が良さそうだ。

はあ……と頷《うなず》いておく。

坂下美咲の供述とは、おそらく山科と薬物に関係したことに違いない。

「まあ、未解決事件と言っても被疑者が事故死して供述が取れなかったというだけのことなんだが、君たちには、被疑者の動機に繋《つな》がる証拠や証言者の洗い出しをしてもらうということで……」

回りくどい言い方だが、要するに山科が犯人たる具体的な裏付けを取り付け、事実上の解決済みの事案として処理してしまいたいということだ。

玲子はそっと横沢の顔を見た。

横沢の口元に皮肉な笑みが現れている。

「その事案の詳細は、横沢係長から説明があると思うが……」

浦山の歯切れの悪い言葉を遮るように、初めて横沢が声を出した。

「私たち資料係が退屈しているだろうからと、四年前の再捜査をするにあたって、私たちに白羽の矢が立ったというわけですよね、班長？」

〈え……？〉

それは公の捜査という意味なのか。

嫌な顔付きになる浦山を無視し、横沢は玲子に笑顔を向けた。

「一課の皆さんは忙しくて過去の未解決事件などに関わってる暇はないのよ。でも、上から命じられたら放っておくわけにもいかないし……かと言って、自分たちの不手際で死なせてしまった被疑者の再捜査なんて大っぴらに一課がやるわけにはいかない……」

横沢は言葉を切って浦山を振り向いた。

「ですよね、班長？」

浦山は、不機嫌な顔のまま口元を緩めた。

「……まあ、そういうわけでもないが、四年前の事件の被害者はモデルということもあって、その業界に関わった経験がある比留間巡査が候補に挙がったことは確かだ」

三課から上がってきた事案の再捜査など、浦山に興味はないのは明らかだった。マスコミが飛びつきそうな著名人や芸能人の事件ではない。事件解決に至ったとしても、浦山の手柄になるわけではないし、その存在をアピールするには時間が経ちすぎた事案だ。

二年前の事件の時のように、何か問題が起これば、また怜子や横沢に責任を押し付けるつもりだろう。

けれど、上層部や浦山の思惑などどうでもいい。

これで堂々とマリの事件を再捜査して良いのだから。

「捜査方針が決まったら、私と三課に報告するように。もちろん、粛々と早期解決を目指すように」

「了解です。四年前には早期に解決できなかった事案ですから、一刻も早く解決に至るようにがんばります」

横沢は元気の良い声で告げると、怜子を見遣《みや》って、意味有り気な目つきをした。

「比留間も汚名返上のチャンスだと思います。ありがとうございます」

「いきなり、どういうことなんですか?」

階段の途中で、怜子は横沢に追いついた。

「どうもこうもないわよ。これで比留間もコソコソしないで済むってことよ。経費も落ちるし、言う事ないじゃない？」

「コソコソって……」

「あんたと原田が何か調べてることくらい分からないとでも思った？」

階段を上がり切ると、横沢は足を止めて怜子に向き直った。

「私を誰だと思ってるの？　これでも前はあのヒヒじじぃなんかよりずっと捜査に貢献してきたつもりよ」

ヒヒじじぃとは浦山のことだ。

横沢が一課にいた頃は、浦山と検挙率を競う仲だったと聞いたことがあった。

「あんただって、あんな閑職で退屈してるでしょう？　私と原田だって、チャンスがあれば現場に戻りたいのは同じよ」

次第に柔らかな口調になると、「三課の近藤警部補にお礼を言っときなさいね」と言った。

やはり、大庭が近藤刑事に……？

それに……。

怜子は、横沢の目をまっすぐに見た。

「もしかして、私に山科の会社のウェブサイトを送ってくれたのは係長ですか？」

「何のこと……？」

横沢は怜子に背を向けたが、すぐに足を止めて喉元で笑った。

「あれ、古いヤツだったのよね……うっかりしたわ」

先に歩き出した横沢に、それ以上は聞けなかった。

横沢もまた、一課に戻りたい気持ちは同じなのだ。

自分では動きづらい立場であるから、怜子や原田を動かした……？

まさか、自分の手柄にするためではないのだろうが、「やり手の女刑事」と呼ばれていただけのことはあると思った。

砂漠の中でも全力疾走……。

電車の中刷りに見た栄養ドリンクの広告に、そんなフレーズがあったことを怜子は思い出した。

デスクに戻り早速大庭に電話を入れたが、いつものように留守電だった。

「センパイ、また捜査に復帰できて良かったですね！」

嬉《うれ》しそうに擦り寄る原田に、横沢が声を荒らげた。

「何、他人事《ひとごと》みたいなことを言ってるの？　あんたも頑張るのよ！　これは三人の仕事なんだからね」

横沢のパソコンの画面には、すでに四年前の事件の捜査資料が現れていた。

「分かってますよ。僕だって念願の捜査参加ですもん。刑事になったのに、こんな役所仕事で一生終りたくないっすよ」

そう言って、原田は怜子に目配せをした。

「三課が逮捕した女の調書、ちょっと見てくれる？」

供述調書は、すでに怜子と原田のパソコンにも送られていた。

《……尚《なお》、坂下美咲は四年前に港区青山で発生したモデル殺害放火事件の被疑者である山科智己の当時の妻であり、覚醒剤はその二年前から夫婦で使用していたと供述。

山科智己が被害者の武藤麻理子（村雨マリ）とも大麻、覚醒剤を使用していたことを認めた。

山科智己に武藤麻理子殺害の容疑がかかり、任意同行を求められ逃走。階段より転落した際も、早朝から覚醒剤を使用していたことを認めた。覚醒剤の入手先について本人は承知してはおらず、山科から提供されていたと供述。当日も前夜から禁断症状があり、複数回にわたり電話で山科の帰宅を促し、深夜に帰宅した山科から譲り受けた……》

「この事件って、所轄署の刑事が責任を取らされてお蔵入りになったんすよね……覚醒剤でラリってたんだったら、転落死の原因は本人のせいじゃないですか」

原田が腹立たし気に言う。

「どんな状態でも、確保できなかった責任は誰かが取らなきゃ収まらないのよ。これで、山科という男と被害者の関係は証明されたわけだから、後は山科の動機に繋がる証拠が出れば一件落着ってとこね」

横沢が歌うように言い、「意外に楽な仕事かもしれないわね」と怜子を見た。

「……だといいんですが」

怜子は横沢から視線を逸《そ》らし、その目を原田に向けた。

原田がほんの僅《わず》かに首を左右に振るのが見えた。

横沢には石崎の動画の件は黙っていろという意味か……。

原田や横沢が目撃した石崎のホームからの転落死が、この事件と繋《つな》がっているかもしれないことを、横沢はまだ知らない。

そして、スナック「モナムール」の晴美が訴えていた山科のアリバイは成立したことになる。

山科は、村雨マリ殺害の真犯人ではない。

横沢が考えているより、事件はもっと複雑に絡み合っているのだ。

「まあ、四年も前の事件だし、班長はああ言ったけれど、そう急ぐことはないわ」

横沢の声を聞きながら、怜子は先刻原田から受け取ったUSBをパソコンに差し込んだ。

「じゃあ、この山科と被害者のモデルの間に何かトラブルがなかったか……明日《あした》から原田と比留間で聞き込みに行ってらっしゃい」

横沢は、二人にとってベストな命令を下した。

一時間後、原田と怜子は新橋《しんばし》のカラオケ店にいた。

「やっぱり、係長だったんだ……良く分かんない人っすね。フツーに教えてくれればいいじゃないすか」

メンドクセェ……と原田は顔をしかめた。

この若い刑事に、横沢の複雑な心理は分かりそうもない。

「まあ、下っ端の僕たちに体を使ってもらって、結果が良ければ自分の手柄にしようって魂胆でしょうよ。皆結局同じなんすよね……そうはさせませんよ」

まだまだ続きそうな原田の愚痴を遮り、怜子は声の調子を変えた。

「で、例の画像の鮮明化は？」

「いやぁ、鑑識ってアタマ硬いっすよね。ってか、ノリが悪過ぎ。あの人たちってオタクだし、基本的にネクラですよね」

「そのネクラにどうやってこれを頼んだの？」

怜子はタブレットに取り込んでいた静止画を指した。

「徹底的に褒めちぎるんです」

原田はシレっと言った。

「誉め殺しじゃないですよ。本当に感心してますもん……だって、あんなメンドイ仕事、ぶっちゃけ地味もいいとこじゃないすかぁ。僕にはムリっす！」

原田の言い訳を聞きながら、怜子は鮮明化によってクリアになった男の横顔をまじまじと見つめた。

石崎の背を押して、ホーム下に転落させたと見られる男の顔だ。

二十代後半から三十代前半くらいか……。

先刻、資料室でも長い間見つめてみたが、怜子には全く見覚えのない顔だった。

ただ、その男をスマホで撮影していたと思われる男の顔には、記憶の中の何かが反応し、ずっと気になっている。

「やっぱり、大庭さんの言うとおり、背中を押した男の方はプロかもしれないわね」

「だったら、前科《マエ》があるか調べてみます。明日からは公の捜査ですから、前科者リストも堂々と閲覧できちゃいますし……」

嬉しそうに言う原田の顔を、怜子は改めてつくづくと眺めた。

前科者であれば、プロとしては二流以下だろうが、これだけ顔を晒《さら》して鮮やかな殺人をやってのけるのだから、自分は被疑者には絶対にならないという自信があるのだと思った。

〈もしかしたら、顔を変えていたりして……？〉

そう思った瞬間、スマホが着信を知らせた。

大庭からだった。怜子はスマホをスピーカーに切り替えた。

原田が同席していることと、明日からの再捜査が公になったことを伝えると、大庭はすでに近藤刑事から聞いていると笑った。

『原田巡査のことは、近藤からも聞いてるよ。行動力は抜群だってな』

「マジっすか、恐縮です！」

こういう言葉の裏の読めない原田を、怜子は少し気に入り始めている。

「それで、どうでした？　やっぱり個人情報は難しいですよね？」

朝、大庭から電話があった時、怜子は二人が大学時代からのバンド仲間だったことを伝えて写真のデータを送っていた。しかし、野上の名前は言えないでいた。

「また私立探偵に？」

大庭のいつもの笑い声がした。

『さすがに探偵じゃ個人情報は無理だよ。今回は山科の兄になってみた』

怜子と原田は顔を見合わせた。

『山科の無実を証明するために、どうしても仲間だった学生に話を聞きたいって訴えたんだ。その気になれば、涙も出るもんなんだなあ』

自分などより立派な役者ではないか、と怜子は呆《あき》れた。

すぐに大学の事務長は、当時のバンドサークルのメンバーの写真と名簿を見せてくれたという。

『君が送ってくれたイベントの写真と照合して、残る二人の名前も分かった』

怜子の心臓がトクンと鳴った。

「イベントの写真って？」

訝《いぶか》る原田に、タブレットを差し出し、大庭の声を聞きながら、写真を保存ファイルから取り出し指し示した。

『……後で詳細をメールで送るけど、皆、たいそうなお坊ちゃんたちだったよ』

私立K大学は、有名国立大学と偏差値やその合格率に於《お》いても肩を並べる大学だ。幼稚園からの一貫校として有名な学園で、大学生の多くも、付属高校からの進学者だ。入学金や授業料などが高額なことでも知られていて、学生の親の半数近くが高額納税者という噂もあった。

『山科の親も都内で貸しビル業を営む大金持ちだったらしいけど、ヤツが卒業する頃に父親が多額の借金を残して急死したらしい』

だからか……。

怜子は、山科に愛人を囲う財力などなかったと言った坂下美咲の言葉を思い出した。

『石崎はけっこうなワルで、あの補導歴以外にもいろいろ問題を起こしていたらしいな。弟の件ももしかしたら、石崎の影響かもな』

「残りの二人は誰なんですか？」原田が聞いた。

『キーボードの男は松倉道彦《まつくらみちひこ》。あの松倉組会長の松倉宗治の息子だ』

「うっそぉ！」と原田が大袈裟《おおげさ》な声を上げる。

「松倉組会長って、センパイが言ってた石崎のバックかもしれない人物ですよね。やっぱり繋がっていたんすね」

『ああ、今は貸しビル業だか投資家だとか……どうせ親の脛《すね》かじりみたいなもんじゃないかな。あのモデル事務所の株主でもあるらしい……』

その男の調査は、中谷にも依頼をしていたことを思い出す。

怜子は大庭の声をききながら、中谷にメールを打ち始める。《キーボードの男は松倉会長の息子だと判明》

もう一人の名前を耳にするのは、少し怖かった。

『右端のベースの男は……』

大庭の声に、怜子が重ねた。「野上正樹ですよね」

え……？　と原田が怜子を見た。

「そうだ。君の友人……元カレシだった男だよな？」

息を呑《の》む怜子の横で、原田が素っ頓狂《とんきょう》な声を上げた。

「マジっすか……!?」

大庭はK大学から「ライラックプロモーション」に向かい、高島からその情報を入手していた。

「今回は雑誌編集者か広告代理店の営業か何かに？」

『いや、保険代理店の営業マンだ』

大庭の豪快な笑い声に、怜子は苦笑いをした。

本当に、大庭は自分などより役者に向いているかもしれない……。

『あの社長は典型的な業界人だな。最初はCMの依頼かなんかだと思ったらしくてやたら低姿勢で愛嬌《あいきょう》振りまいて、保険の営業マンだって言った途端に態度が変わったよ』

高島の様子を想像して、怜子は吹き出した。

大庭は、村雨マリが家族を受取人にして入っていた生命保険について調べたいことがあると切り出したと言う。

「家族って……マリには育児放棄されて絶縁した母親しかいないと聞いてましたけど」

『らしいな。俺は家族としか言わなかったんだが、全部あの女社長が教えてくれた』

「すごっ！　大庭さんって刑事より詐欺師向きかも」

真面目な顔で原田が呟《つぶや》く。

「それで、野上のことは何て言ってました？」

怜子は一刻も早く知りたかったことを尋ねた。

高島は彼女の知り得る限りの情報を大庭に話したに違いなかった。

『野上正樹は、今は民自党の衆議院事務局に勤めているそうだ』

「民自党……？」

『君は知らなかったのか？』

「十二年前に別れてから一度も会ってないんです」

怜子が高島に会った時、あえて彼女は野上の近況には触れなかったのかもしれなかった。

それにしても、衆議院事務局に勤める国家公務員というのは、野上が望んでいた将来の姿とはかけ離れている。

『彼は母子家庭なんだな……母親は会員制のエステを経営している女傑らしいぞ』

その人柄は、かつて野上から聞いている。

怜子は、その女傑といずれは対面することになっていたのだから。

『とにかく、これであの四人が十年以上前からの知り合いだったということははっきりしたわけだ。そのうち、生きている人間は二人。ヤツらを徹底的に調べれば……』

そう。真相に辿《たど》り着くのは、そう遠くはないかもしれない。

『俺は松倉を調べる。そっち二人は野上を頼むよ。二人が犯人とは限らないが、絶対に何かは出てくるはずだからな』

「了解！」

怜子より先に、原田が威勢の良い返事をした。

翌朝から、怜子は通常勤務に戻った。

通常勤務と言っても、無論いつものようなデスクワークではない。

登庁後、席を温めることもなく、横沢に挨拶《あいさつ》を済ませて原田を伴い外に出た。

昨夜の大庭との計画どおり、野上の捜査だ。

野上は現在、衆議院事務局で局長の秘書をしている。

今日からは公の捜査とはいえ、いきなり事務局に聞き込みに行くわけにはいかない。

横沢の許可は得ているが、一課の浦山や一課長が許可するわけがないからだ。

野上がマリを殺《あや》めることなど想像はできなかったが、その繋《つな》がりのどこかに真犯人がいることは確かだ。

野上は、必ず何かを知っている……。

正直言えば、昨夜はほとんど眠れなかった。

十二年の間に忘れたはずの、あの野上が捜査対象なのだ。

横沢には、くれぐれも私情を挟まないようにとの注意を受けた。

「ぶっちゃけ、それって無理っすよね」

外に出るなり原田が言った言葉どおりだ。

その面影も、もしかしたら人格も、十二年前とは異なっているかもしれない。

その事実を目の当たりにする怖さと、怜子自身を野上の目に晒《さら》す怖さ。

外見ではなく、刑事になった自分を知られる怖さだ。

今の自分を知ったら、野上はどう思うのか。

電車の中で無口になった怜子に少し気を遣うように、原田が明るい声で話しかけてくる。

「まあ、クラス会かなんかだと思えば……ね？　その元カレ、でっぷり太ってたりしたらどうします？　マジ最悪っすね」

怜子の顔色を窺い、笑いを止めて原田も黙った。

本当にわかり易い男だと、怜子はうっかり吹き出しそうになる。

こんなシリアスな状況には、こういう相棒が相応《ふさわ》しいのかもしれない。

目的地は港区青山三丁目。

「本当にこの住所で間違いないんすかね」

豪奢《ごうしゃ》なマンション前の舗道で、原田が再び首を傾げた。

建物名は［青山グランドテラス］。

昨夜、ネットでその名称と住所を知った時、怜子は大きな驚きと底知れぬ不安感に襲われた。

案の定、ほとんど眠れず、落ち着くために冷凍ピザを三枚食べた。

「偶然にしては、デキ過ぎっつうか……やっぱあの事件と無関係とは考えにくいっすね」

［会員制エステティックサロン［ベル・フォレ］のあるマンションは、四年前のマリの事件があったマンションだった。

その十階部分の一部屋は、マリの人生のラストステージだ。

「この会社、十五年くらいここで営業してるみたいすね……会員制エステって、そんなに儲《もう》かるんすかね」

原田の疑問は当然だった。

この十五階建てマンションは、有名建築家の代表的な設計デザインとして広く知れ渡っており、築二十年を経ても、賃貸物件としては超一流として名高かった。

もちろん、賃料も桁《けた》が違う。

一階から五階までは複数の会社が入り、六階から上は住居用だ。

マリはいつ頃このマンションに越して来たのだろう、と考える。

〈偶然なんかじゃ絶対にないはず……〉

エントランスに入り、コンシェルジュに原田が手帳を提示している間に、怜子は会社表示のプレートを確認した。

［5F　会員制エステティックサロン　株式会社　ベル・フォレ］

その文字の横に、大小の樹木が重なり合うシンボルマークがあった。

野上の母が経営するエステサロンは五階にあり、ワンフロアを借り切っていると思われた。

事前の原田との打合わせで、コンシェルジュにはエステサロンの捜査とは言わず、マンション周辺にある防犯カメラの設置状況の確認調査ということにしておいた。

原田が話している間に、怜子は先に外に出た。

コンシェルジュの目に印象を残したくなかったからだ。

やがて外に出てきた原田の目が輝いていた。

「いやあ〜、聞き込みって、やっぱいいわ。刑事なら現場に出なきゃウソっすねぇ」

原田の得た情報を整理するため、二人は斜《はす》向いのお洒落《しゃれ》なカフェに入った。

「経費ですもんね、パフェ食べていいすよね」

子どもか……。

ため息を吐きながら、怜子はタブレットを取り出した。

「会員制エステティックサロン　ベル・フォレ」は、プレートにあったとおり五階のワンフロアを借り切っていて、半分は社長の自宅ということだった。

「すごいですよね。僕の部屋の十倍以上はありますよ。やんなっちゃうな。センパイは昔、カレシ……じゃなくて、野上と来たことがあるとか？」

まだ被疑者とは決まっていない野上を呼び捨てにする原田に引っ掛かったが、笑顔を崩さず怜子は答えた。「ないわ、一度も」

「あ、親と同居だったら、彼女なんか連れてこないか」

そうではない。野上は何度も母親と暮らす家にいちどは来て欲しいと言っていた。

躊躇《ちゅうちょ》していたのは怜子だ。

野上の母親を怖《おそ》れていたのではなく、野上を自分とは違う世界の人間だと認めたくなかったのだ。

「で、センパイ、これからどう攻めますかね。令状も勿論《もちろん》ないですし。野上が帰宅するのを外で待ちますか？」

「野上に直接当たれないからここに来たんじゃないの。まずはサロンを調べなきゃ」

衆議院事務局に電話をしても、本人どころか受付の段階で怪しまれてしまう。

それに、今でも野上がここで母親と同居しているとは限らない。

すでに家庭を持っている可能性もある。

会員制エステサロンの顧客は、有名人やセレブが殆《ほとん》どだと聞いている。

芸能人のインスタグラムにも度々紹介されている人気のサロンだ。

昨夜検索したウェブサイトには、営業時間は11時から20時とあるが、インスタやネットの書き込みには、客の望む時間に合わせて早朝から深夜まで融通を利かせてくれるということだった。

ただ、予約は現在半年待ちという記載があった。

「これって、事実じゃないかもしれませんよ。こういう宣伝の仕方って良くあるんすよ」

傍で覗《のぞ》いていた原田がヘラリと笑った。

「会員制っていうのも、一部だと思うけどなあ……センパイ、客として潜入ってのはどうっすか？」と続ける原田の声を無視し、怜子は足下に置いていたリュックを取り上げた。

「なんすか、それ……？」

怪訝《けげん》な表情の原田にジッパーを開けて見せて、怜子は余裕のある笑みを浮かべた。

「社長はまだ施術中なので、一時間近く待っていただきますけど大丈夫ですか？」

受付の女が怜子の全身を眺めてから言った。

女は白いスーツの胸に、サロンのシンボルマークを象《かたど》ったバッジを付けている。

「はい……こちらで待たせていただいていいですか？」

怜子はフロアの隅にある小さなソファを指した。

客ではないので、フロアの中心にある豪華なソファに座る勇気はない。

白いミニスカートの裾《すそ》を気にしながら腰を下ろし、スマホを取り出した。

《一時間くらい待たされそう。住居人を見かけたら聞き込み頼む》

カフェで待機しているはずの原田にメールを送る。

時刻は午後1時。

最初に原田とマンション内に入った午前中から、すでに三時間が経過していた。

昨夜サロンのウェブサイトで怜子が見つけたのは、従業員募集の文字だった。

職種は受付事務と施術師。

その時から、怜子は今日の仕事を計画していた。

先刻、電話を入れると、午後の1時から面接を受け付けるとの返事を得た。

意外なことに、面接は社長の野上早苗《さなえ》が直々に行うということだった。

その理由はすぐに分かった。

サロンは外見から想像するより狭く感じた。そして、その静寂から、おそらく従業員もそう多くはいないのだろうと思われた。

ロビーも、小規模なホテル並みのスペースを想像していたが、どちらかと言えば歯科クリニックの待合室に似ていた。

ただ、ヨーロッパ王朝風のソファやテーブル、壁に掛けられた絵画などには高級感が見られ、紹介状なしでは会員になれないという噂は本当のことのように思われた。

十二年以上前に訪れるはずだったサロンだ。

内装が当時のものと同じとは限らないが、怜子は感慨深げに辺りを見回した。

怜子の目を惹《ひ》いたのは、入り口の真正面に飾られている一枚の絵画だった。

特に華美なものではない。号数は分からないが、A4サイズより少し小さめな油絵だ。古代エジプト絵画にあるような、赤ん坊を抱く女の姿が描かれている。

その絵を、怜子はどこかで見たような気がした。

じっと見ていると、受付の女が怜子に視線を合わせて僅《わず》かに首を傾げ、すぐに立ち上がって近付いて来た。

「あの……ちょっと忠告してもいいかしら」

そう言うと、女は怜子の顔を指して、小声で言った。

「もっとお化粧を薄くした方がいいわよ。ここの社長、厚化粧が嫌いなのよ。それと、その髪型……ウィッグが少しズレてるわよ」

怜子は頷《うなず》き、慌てて礼も言わずに化粧室に立った。
完璧《かんぺき》に仕上げたつもりだったのに……。
焦りと緊張からか、体中から汗が湧き出ていた。
受付の女の指摘どおり、茶色のボブのウィッグが妙な方向にズレていた。
［エステサロン経営を目指す、元ＯＬ］
今日の変装は見破られないで済むだろうか。

「あら、あなたＫ大を卒業しているの？」

怜子が差し出した履歴書を見て、野上早苗が顔を上げた。

その半分は虚偽の履歴書だ。

訴えられれば詐欺罪になるが、今は後のことなど考えている余裕はない。

「はい……ロビーに飾られている絵は、Ｋ大講堂にも飾ってありましたよね」

「気がついた？　あの絵、大好きなのよ」

Ｋ学園の創立者が礼賛していたというエジプト神話の女神であるイシスの絵だ。キリスト教のマリアとイエスの像の原型とされ、献身的な母親として崇められる一方、魔女の元祖とも呼ばれている。

以前、野上の案内で怜子はその講堂を訪れていた。

「それで、サロンの経営を勉強したいって？」

「文学部でしたから、経営学はまるで勉強してないんですけれど」

控えめに笑うと、野上早苗は眉頭《まゆがしら》を少し引き上げた。

「そんなことないわよ。ヘタに経営学なんか学ぶと、却《かえ》ってそれが足かせになったりするのよ」

「……そういうものでしょうか」

「それよりも、あなた、エステそのものに興味はあるんでしょうね？」

目の前に悠然と座る女は、確か六十歳だと記憶している。

女傑という噂の割には、小柄な女性に見えた。

初めて対面する野上の母親……あのまま野上と交際を続けていたら、義理の母親になっていたかもしれない人物だ。

「……はい、高校時代から二年ほどモデルのアルバイトをしていたこともあって、ファッションや美容には関心があります」

でも……、と、怜子は話題を戻した。

「K大の授業が大変で、すぐに辞めてしまいました」

「そう……あの大学は厳しい教授が多いものね」

「お詳しいんですか？　どなたかお知り合いにK大を卒業された方がいらっしゃるとか……」

怜子は一気に言った。ゆっくり話せばきっとセリフを噛《か》んでしまう。

早苗は柔和な目をゆっくりと怜子に向け、顎《あご》を少し上げた。

「うちの息子、K大理学部を首席で卒業したのよ」

「あ、そうなんですか。先輩ですね……首席で卒業って、すごいですね！」

もちろん、怜子は知っていた。

「じゃ、一流企業に入られたんでしょうね？」

すると、早苗は僅かに笑みを消して小さな息を吐いた。

「そのはずだったんだけど、今は政治家を目指しているわ」

その言い方は、野上の選択に手放しで賛成したわけではなさそうだった。

「でも、いずれはここを継いでもらうつもりよ。今はセレブとの顔つなぎのためと思えば、無駄な時間ではないわ」

「ベル・フォレって、フランス語で美しい森という意味ですよね？」

「そうよ、お客さまに森林浴のような癒しを提供できたら、と思って……息子が考えてくれたのだけれど」

早苗は、再び優雅な笑顔を作った。

〈やっぱり……そうだと思った〉

「素晴らしいセンスですね。そんな優秀な方だったら、どこの世界でも活躍されるでしょうね……お孫さんはまだいらっしゃらないんですか？」

間の抜けた質問だったのだろうか。

早苗は途端に大きな笑い声を立てた。

「孫？　考えてもいなかったわ。だってまだ独身だし、自立する気配なんてないわよ、あなた……」

早苗は、高校生の子どもの話でもするかのような言い方をした。

その姿を見て、怜子は、早苗を姑《しゅうとめ》にできなかったことを、少しだけ幸せに思った。


『それで、野上の母親と会ったのか？』

電話から大庭の驚いた声が聞こえた。『いい度胸してるな、君』

怪しまれずには済んだが、面接は失敗に終った。

《あなた、この学歴なら、もっと普通の会社に勤めたら？　この業界の経営って、あなたみたいにおっとりした人には向いてないわ。最近は大手の企業も参入していて競争も激しいし、もっとハングリーな人じゃないとやっていけないと思うの》

早苗の言葉をそのまま大庭に伝える。

大庭はため息混じりに、『確かに、君はガッガツした感じがないからな』と、笑った。

「野上は、まだ母親と同居しているみたいです」

かれこれ、このカフェには四時間近くも居座っている。

怜子の傍で、原田は二つ目のパフェを食べていた。

『じゃ、そのまま帰りを待つのか？』

「それが、野上は今タイに出張中なんだそうです。帰国日まではさすがに聞けませんでしたけど、来週中には帰国するような言い方でした」

《私の誕生日までには戻れるみたいだけれど。いつもサプライズを計画してくれるから、今年も楽しみだわ。K学園の幼児教育って、素晴らしいのよ。良かったわ、幼稚園から入れて……》

その時の早苗を思い出す。あの表情は、いつか見た［モナムール］の晴美が山科の話をする時の感じと似ていた。

「検索したら、野上早苗の誕生日は来週の水曜日です。それまでには帰国するんじゃないでしょうか」

来週にはどこかで野上と会うことになるのだろうか、と複雑な気持ちになる。

「それで、松倉の方は何か分かりましたか？」

『ヤツの居所はまるでわからん。近藤がいろいろ動いてくれてるが、どうも、松倉組の社員たちの間では次男坊の話は御法度らしい』

「過去に何かしでかしたんでしょうか？」

『跡継ぎの長男は優秀で人望も厚いらしいが、ヤツは出来の悪い次男坊としか認識されていないみたいだ』

「僕、自宅に電話してみましょうか？」原田が横合いから声を出す。

『いや、無理だろ。近藤が手を尽くしてるから待ってみよう。ヘタにこっちの動きを知られちゃマズいからな。野上の帰国も調べてもらうよ』

まるで、野上と松倉の共犯であるかのような言い方に少し違和感を覚えたが、今は反論している場合ではなかった。

横沢に報告に戻るという原田と別れ、怜子は自宅方向の地下鉄に乗り込んだ。

過度な緊張のせいか、ひどく疲れていた。

野上が海外出張ではなく、あれから帰りを待つとしたら、とても体力が持ちそうもなかった。もちろん、精神的にも。

新中野駅に下り立つと、公用スマホに中谷と原田からメールが入っていた。

それは、二通とも同じ内容のものだった。

その一時間後、怜子は、重い体をひきずるようにして本庁に着いた。

一課がある階の会議室の入り口には、俗に［戒名］と呼ばれている白地に墨字の看板が立てかけられていた。

［霞ケ関駅連続殺人事件　捜査本部］とある。

急いでドアの内に入ると、ドアの近くに座っていた原田が手招きをした。

「……どういうこと？」

原田の横に座り、体を寄せた。

「石崎を突き落としたかもしれない男ですよ」

囁《ささや》くように言い、原田は前方の大型モニターを指した。

平坦《へいたん》な顔をした若い男の正面写真が二枚映し出されている。

もう一枚は少し目鼻に違和感のある写真だ。

「誰？」

「宇田川《うたがわ》組の元構成員です……今は組からは抜けてるそうですけど」

「もう一人は？」

「同じ男ですよ、イジってたから、前科者にヒットしなかったみたいす」

浦山が張り切った声を上げている。

「吉川祐介《よしかわゆうすけ》は、一年前に窃盗罪の疑いで略式起訴されている。現在は半グレの一人で、昨日までの消息は不明。尚《なお》、吉川が所持していたと思われる鞄《かばん》から現金三百万円が見つかっている」

浦山より更に張り切った声を出したのは横沢だ。

「尚、この吉川には、先日同駅のホームから転落して轢死《れきし》した、警察庁職員の石崎警視を突き落とした疑いがあります……」

え……？と、怜子は原田を見た。

「だって、あの動画、係長に見せないわけにはいかないじゃないすか」

例の、原田が撮影した石崎転落瞬間の動画のことだ。

「その根拠となる映像があります。その動画は、偶然、我が資料係の原田巡査が撮影したものです。原田巡査はいわゆる撮り鉄で、電車を撮影しようと動画を撮っていたのですが……」

「撮り鉄……？」

「そういう事にしておいてください……」と、原田はヘラッと笑って舌を出した。

「石崎警視は一課の見立てで事故死とされてはいましたが、我々資料係の調べで何者かに突き落とされたことが判明し、その犯人は、この吉川である可能性が出てきました。その動画がこちらです」

横沢がリモコンを操作すると、モニターに、怜子が何度も目にした動画が映し出された。

「石崎警視の背後をすり抜ける男は吉川と思われます……吉川は石崎警視の背中を押したように見えます……」

室内がどよめいた。

「ヤツもきっと殺されたんですよ。口封じですかね」

吉川の遺体は、今日の昼過ぎ、霞ケ関駅のコインロッカーの通路で発見された。第一発見者は、ロッカーの管理会社の従業員だ。

元々、あまり利用客のいないロッカーの点検だ。従業員が鼻歌混じりに通路に入った途端、その足下から続く赤い液体に気付いて前方奥に目をやると、視線の先に、若い男が倒れていた。

通報を受けた麴町東《こうじまちひがし》署から捜査員が急行、検視により事件性が疑われた。その後の解剖の結果、男の死因は青酸カリを服毒したことによる中毒死と判明。胃の中から飲み薬のカプセルに使われる微量のゼリー成分も検出された。

死後約一時間前後ということから、死亡推定時間は午前11時頃。服毒はその15分から30分前との結論だった。

ビタミン剤などのカプセルの中に、致死量の青酸毒物が混入していたと思われた。駅の防犯カメラには、吉川が改札を抜けてコインロッカーの方に移動するのが映っているが、ロッカーの陰はカメラの死角になっていた。

吉川がどこでカプセルを飲んだのかはまだ分かっていないということだ。

身元は、男が所持していた消費者金融のカードから判明した。

「吉川の現住所は、ネットカフェのものであり、住居は判明していない」

浦山の声に負けじと、横沢が声を張る。

その映像をスローにしながら説明をする横沢の声を聞きながら、怜子は原田に囁いた。

「やっぱり大庭さんが言ったとおりみたいね」

警察庁のキャリアと半グレに直接の接点があるとは考えにくい。

大庭の見立てどおり、この男はプロの殺人請負人の可能性が高い。

二人の接点の洗い出しは無駄ということになる。

となると……。

怜子は再びモニターに目を向ける。

画像は石崎がホームに落ちる瞬間で静止している。

その後ろを通り過ぎようとしている吉川という男。そして、その少し後方に、スマホを構えて撮影している男が見える。

「この吉川と石崎警視の関係を洗うことが捜査の第一段階と思われる。各班、石崎警視の周囲と交友関係を徹底的に調べ、吉川との因果関係及び動機に繋《つな》がる証拠を見つけること……」

浦山が、怜子と原田の推理とはまるで違う捜査方針を述べ、会議が終了した。

「何、当たり前のこと言ってんだか、あのヒヒじじぃ！」

会議室を出た途端、横沢が吐き捨てるように呟《つぶや》いた。

耳に入った捜査員の何人かが、苦笑しながら横沢の横を通り過ぎて行った。

浦山も他の捜査員たちも、その方針が妥当だとは思っていないはずだった。だが、現段階の情報では、それ以外の具体的な指示はしようがないのも確かだった。

ブツクサと呟きながら、それでもある達成感で紅潮した顔の横沢を見送りながら、原田と怜子は顔を見合わせた。

「例のイベントの写真、係長に見せた方が良くないですか？」

原田が少し遠慮気味な声を出した。

あの写真を見せれば、横沢はきっと根掘り葉掘り野上のことを訊《き》いて来るに違いなかった。

逡巡《しゅんじゅん》している怜子の目に、中谷の姿が映った。

捜査員たちが通り過ぎる中で立ち尽くし、怜子に向かって手を上げた。

「君に任せる。大庭さんにも報告しといて。私、ちょっと急用があるから帰るわ」

早口で原田に言うと、怜子は中谷の背中を追って駆け出した。


「神楽坂……」

タクシーに怜子が乗り込んだ途端、先にいた中谷が運転手に向かって声を出した。

本庁近くで二人がタクシーに乗るのは、初めてのことだった。

「あなたも会議に出ていたの？」

中谷の先刻のメールには《一課に捜査本部が立った。そっちが調べている事案に関係あるかも》とあった。

もちろん、二課の中谷の仕事ではなかった。

「ああ……資料係の二人も呼ばれていたから、もしかしたらと思ってさ。俺も興味あるし」

中谷が以前から一課への転属を希望していたことを、怜子は知っていた。

所轄署時代、強盗殺人事件の捜査に参加した時の達成感が忘れられないと言う。

男性警察官であれば、誰もが一度は憧《あこが》れる一課だ。

女の自分にも同じような思いがどこかにある。おそらく、警察官を希望する者なら当然のことなのかもしれない。

「で、例の元カレの所在は分かったのか？」

怜子は頷《うなず》いて顔を逸《そ》らした。

タクシーの中だ。捜査情報をむやみに口にすることはできない。

中谷の部屋に着いたら今までの情報を話し、これからの捜査方針の相談がしたかった。

神楽坂の中谷のマンション近くで二人はタクシーを降りた。

「何か買いに行かなくていい？」

久しぶりにゆっくりと食事をしたいと思い、後から下り立った中谷を振り向いた。

その時だった。

マンション脇の駐車場に停まっていた乗用車の方から声がした。

「パパー！」

仄暗《ほのぐら》い街灯の向こうから、小さな女の子が駆け出して来るのが見えた。

日記 V

今日も彼を待ち伏せた。

五階でエレベーターのドアが開くと、目の前に私の姿があることに、もう彼は驚いたりはしない。

最初は困惑した顔で私と一緒に十階まで上がって来たけれど、部屋にいるのは一時間もない。

私が注いだお酒を少し飲んで、少し話して、少し笑って、これで気が済んだだろうという感じで五階に戻って行く。

まるで、追加の一仕事を終えたように。

それなのに、いつも決まった時間に帰ってくるのは何故だろう。

まさか、あの母親が怖いのだろうか。

いつかそれを彼に言ったら、それまでは見た事がないような冷たい目でこう言った。

君は、本当に可哀想な人間だね、と。

あの無邪気な子を捨てて私を振り向いたのは、そういう哀れみからだったのか？

それでもいいけど。
どちらにしたって、彼は私のものになったのだから。
今度はあの母親を捨ててくれればいいだけの話。
あの女は、彼の全てを支配できると思っているのかもしれない。
愚かだ。
私には、彼とあの母親の関係は全く理解できないし、したくもない。
あの母親さえいなくなれば、私は彼と暮らすことができるのだ。
そして、私は一流のモデルに返り咲くのだ。
あのサロンの経営者になり、テレビやネットのCMには私自身がモデルになる。
そんなステキな未来が必ず来ますように。
神様、どうか、あの魔女のような彼の母親を殺してください。
それをあの男に言ってみたら、本気で怖い顔をした。
頭、おかしいんじゃないのか、だって。
あんたなんかに言われたくないのよ。
そう言いたかったけれど、言えば、ここで生活ができなくなる。
悔しいけれど、彼に一番近い場所で暮らしていくには、あの男の力が必要だから。
あの男の経済力と、そして、私の心を守る物。

もうずっと我慢して使っていないから、時々気が狂いそうになるけれど。
その私の弱味を知っているから、あの男は好きな時にこの部屋に来ることができる。
時々、錯覚してしまう。
私は、本当は彼ではなく、あの男に救われているのではないかなどと。
どうかしている、私。
こうして日記に書いている自分を、もう一人の自分が冷たい目で見ている。
あんたを好きな人など一人もいない、と。
あんたは誰からも相手にされなくて、もうすぐ一人で死んでしまうのだ、と。
そんなことあるわけないのに。
誰も、私を忘れることはできないのに。

捜査　Ⅶ

あの捜査会議から、すでに五日が過ぎていた。

一課の捜査に進展は見られず、横沢が言ったとおり、事実上、資料係三人だけの担当事案になっていた。

「一課の刑事は捜査しようにもできないのよ。あのヒヒじじぃは、こんな事案なんか問題にしてないもの」

横沢がボヤくように、一課は、先週から多発している放火事件の捜査に総力を上げているらしく、先日設置された捜査本部の室内も、事務処理の職員以外に捜査員の姿は見られなかった。

怜子たちも、松倉の所在判明と野上の帰国を待つだけの状態で苛立《いらだ》ち始めた時、原田が鑑識の若手に依頼していた物が、ようやく手元に届いた。

石崎を突き落とした半グレの吉川を撮影していた男の画像だ。

そのアップになった男の顔に、三人は同時に声を上げた。

「松倉……!?」

あのイベントの写真の中でキーボードを演奏していた松倉だ。

少し頰が弛《たる》んで見えたが、その顔は紛れもなく松倉だ。

鮮明化する前に気付かなかったのは、その短くなった髪型のせいか。

「松倉がこの犯行の瞬間を撮影していたとなると……」

考え込む原田に続き、横沢が呟《つぶや》いた。

「石崎殺しを依頼したのは松倉ってことよね」

「何のために撮影したんすかね……」

「そもそも、松倉は何で石崎を間接的にも殺さなきゃいけなかったのか……」

呟いた怜子に、二人がハッと同時に顔を向けた。

「そうよ、それが一番の問題なのよ。こうなったら、令状取って松倉を指名手配するのが一番だわ」

部屋を飛び出して行く横沢を見送り、怜子と原田はまたしてもため息を吐いた。

「無理だってば……」

原田が呆《あき》れたような声を出した時、怜子のスマホからメールの着信音が聞こえた。

《松倉の所在はまだ分からず。野上は今日の夕方便で帰国する予定。俺が羽田《はねだ》で待つ》

すぐに大庭に電話を入れるも、数回コール音が響いたが出る様子はない。

「メール、大庭さんすか？」

察した原田が訊《き》いてくる。

「野上が夕方に帰国するそうよ」

野上の帰国は近藤刑事からの情報だろうが、大庭は何と言って野上に近付くのだろう……。

同じことを思ったのか、原田が「大庭さん、相手にしてもらえますかね、相手は衆議院事務局長の秘書ですよ。きっとその局長も一緒なんじゃないすか？」

松倉が石崎殺害に関与したことが証明されても、野上には、何の嫌疑もまだかかってはいないのだ。

急いで大庭にメールを入れる。

《松倉が石崎殺害を依頼していた可能性あり。野上は無関係かもしれません》

しかし、原田がボソリと呟いた。

「野上が松倉に依頼して、その証拠として松倉が写メってた……なんてこともアリかも」

なんちゃって……と、すぐに戯《おど》けたが、その目は笑ってはいなかった。

威勢良く飛び出して行った横沢は、なかなか席には戻って来なかった。

ようやく戻って来たのは一時間も過ぎた頃だ。

「どうでした？　令状、取れそうですか？」

すかさず声をかける原田には目もくれず、横沢は無表情のまま椅子に腰を下ろした。

「……ですよね」と、原田。

「ですよね……って、何？」

ジロリと原田を睨《にら》みつけ、いきなり横沢は高らかに笑った。

「原田、あんた、私を誰だと思ってるの？　令状なんか取れなくても落ち込んでる場合じゃないのよ」

そう言うと、怜子にその笑顔を向けて驚くような言葉を放った。

「比留間、あんたは松倉組の総務課に潜入して、イカれたボンボンの所在を摑《つか》んで来なさい！」

は？……何の話だ？

「総務課って……どういう？」

「行けばわかるわ。総務課の若杉《わかすぎ》っていう男を訪ねなさい」

話が読めなかった。

「私、何をすればいいんですか？」

「決まってるじゃない。松倉道彦の所在確認と、石崎の事件時のアリバイ調査よ」

「そんな、急に言われても……」

戸惑う怜子に構わず、横沢は満足そうな顔で言った。

「あのヒヒじじぃが責任取ってくれるそうだから、安心しなさい。経費は出るから、少し上等なスーツを買っていいわよ」

そういう安物じゃなくて……と、怜子のパンツスーツを指した。

あの浦山が、何故そんなに簡単に横沢の言うなりになったのか、その理由はすぐに分かった。

言われるままに外出許可を取り、本部庁舎の裏門を出た時だった。

コートのポケットのスマホが鳴り、足を止めて取り出すと、画面に中谷の文字が現れていた。

五日前の夜以来、初めて聞く声がした。

『また、潜入捜査だって？』

思ったとおり、五日前の事には触れもしない。

月に一度の娘との面会を忘れていた男は、あの時少しだけ悪びれた様子で、『悪《わり》ぃ、ちょっと今日はマズいわ』と背中を向け、その後何のフォローもしてこなかった。

「……何で知ってるの？」

今は相手にする気分ではなかったが、含みのある声が気になった。

『五階の連中は全員知ってる。今日中にはもっと上まで知れ渡るかもな』

五階には、刑事部の一課から三課がある。

『ちょっとした有名人になった気分は？』

「はあ？……何それ」

思わず、背後の庁舎を振り返ると、出てきたばかりの裏門の傍に中谷の姿が見えた。

『ちょっと話さないか、君が喜ぶ情報もあるからさ』

そう言いながら、中谷は見慣れた笑顔で近付いて来た。

数分後、二人は本庁舎近くのビルにある和風喫茶で向かい合った。

「君のとこの係長は、噂どおり大した玉だな」

中谷は、その意味を話し始めた。

「……ちょうど、俺も別件で部屋にいたんだ」

先刻、横沢は一課に乗り込み、タブレットの動画を差し出して一課長に松倉道彦への令状を請求した。

すると、興奮気味の横沢を、班長の浦山が一課長の脇で罵倒《ばとう》したという。

「貴様～っ！ 資料係の分際で調子に乗るんじゃないぞ！」

すると、横沢はいきなり叫んだ。

「あんた、それって、パワハラよ！ 何だったらセクハラで訴えてもいいのよ。それとも結婚詐欺にしようかしら？」

浦山の顔は恐怖で引き攣《つ》った。

すると、横沢は浦山の正面に向き直り、言い放った。

「あんた、私を誰だと思ってんの？ ずっと私が泣き寝入りするとでも思った？ あんた、それでも男なの？ 五年前に奥さんとは別れるから結婚してくれって泣いたよね？」

室内にいた全員が固まった。

「どういうこと？」

あの浦山と横沢は、かつてはそういう関係だったということか……？

怜子の唖然《あぜん》とした顔に、中谷が余裕の笑みを見せた。

「ま、何となく、そんな噂はあったんだけどさ」

「でも、結局令状は取れなかったから、私に仕事が振られたんじゃないの。係長もいい恥曝《さら》しじゃない？」

怜子には、横沢の真意がピンと来なかった。

「最初から令状を取ろうなんて思ってないさ。状況証拠だって、一課が納得のいくものじゃないからな」

「納得がいくも何も、動画が全てを教えてくれているわ」

「分かってないな。あんな物、上はいくらでも無視できるさ。それに、対象者はあの松倉の息子だろ？」

その松倉の名前を初めて怜子に与えたのは、この中谷だったではないか。

「あなたが石崎のバックは松倉組会長だって教えてくれたの、忘れたの？」

「あの時は石崎の捜査だったからだ。松倉に直接の嫌疑がかかるなら、話は別だ。あの会長は警察庁の上層部でさえ頭が上がらないっていう噂だぜ」

またしても上からの圧力で、あくまでも石崎は事故死と結論付けられたままで美咲の供述は封印されることになる……。

「ふざけんな！」

いつもは声に出さないセリフが、思わず口から飛び出た。


中谷は、別れ際にこう言った。

『君も横沢係長みたいにならないでくれよ』と。

〈ったく、どいつもこいつも……〉

怜子はふつふつと込み上げる怒りを抱えたまま、有楽町《ゆうらくちょう》の商業施設に入った。

怒りのままに選んだパンツスーツは想定額の倍の価格だったが、構わなかった。

横沢のオーダーは、《真面目で堅いキャリアウーマン》だ。

ヘリンボーンのスーツに着替えて、髪を整えた。

何か物足りない気がして、１００均で買った度のない黒縁のメガネを付けてみた。

トイレの姿見の前に立つと、横沢のオーダーどおりの女が映っていた。

堅いイメージを作るのは、意外に容易《たやす》い。

何より無表情が一番だから、ヘタな小芝居は必要ない。

……はずだった。

けれど、怜子を待っていた若杉という中年男は、怜子の姿を見るなり険しい顔をした。

「上から聞いてないのか、これじゃ、いくら何でも俺の姉には見えないだろ！」

若杉の言う〈上〉とは、この場合、横沢か浦山という意味だろうか――。

〈この人も、刑事？〉

松倉組の本社は、警視庁にほど近い内幸町《うちさいわいちょう》にあった。

その界隈《かいわい》でも目立つ、重厚な十四階建ての自社ビルだ。

明治末に創業されたこの建設会社の現社長は四代目で、捜査対象者の松倉道彦は、その社長の実弟に当たる。

「姉……？」

ポカンとする怜子の肩を押して、若杉は広いロビーの隅の喫煙ブースに入った。

喫煙ブースの中に人の姿はなかったが、その染み付いた匂いが鼻を突く。

「君、本当に何も聞いてないのか？　ったく、横沢さんは昔からセッカチで人の話をちゃんと聞かないからなあ……」

若杉は三課の刑事で、覚醒《かくせい》剤の輸入ルートの内偵で半年前から潜入しているということだった。

「ここは十年前くらいから輸入業にも参入してるんだが……」

輸入業は「サンフラワー貿易」という子会社の運営になっているが、総務部の縦割り部署にその記載があるにも拘《かか》わらず、その部屋も責任者も不明ということだ。

「総務部に知り合いがいてな。そいつは営業から総務に回されて初めてそのことに不審を持ったらしい」

その知り合いという人物は、理不尽な異動で会社に不満を持っており、会社に一矢《いっし》報いたくて若杉に内偵を依頼したのだという。

「丁度、この会社は三課でも目を付けていたんだ。宇田川組に資金が流れているという噂もあったしな」

「それで、若杉さんはここではどういう立場なんですか？」

歳の頃は四十代半ばだろう。地味なグレーのスーツ姿はどこから見ても風采《ふうさい》の上がらないサラリーマンだ。

「一応、シークレットの警備員だ」

警備服を着た警備員の姿はロビー内にも数人見え、ひっきりなしに行き交う社員や来客に目を配っている。

若杉は、主に総務部長のボディガードの役割を担っているという。

「総務部は各部署の細部を知っている。他の部署が知られてマズいことまで知っているからな」

「松倉道彦の所在は分かりますか？」

「いや、俺もまだ会った事はないんだ。海外支店と行ったり来たりしているという噂だが、正式な肩書きもないし……もちろん、取締役の名簿には名前があるけどな」

「それで、私が姉って、どういうことですか？」

「君は松倉道彦のことを調べに来たんだろ？　あの次男坊のことなら、秘書課の課長が良く知っている」

秘書課の課長である女性は、総務部長の妻らしかった。

その課長に、雑誌記者の自分の姉が取材を申し込みたいと伝えてあるという。

「姉!?……私、まだ三十二歳ですけど」

目の前にいる若杉の姉には一回り以上は老けなくてはならない。

「とにかく、課長に会わせるには、もっとバアさんでなくちゃ……今日は中止だな。上には俺から言っておく」

ブースから出ようとする若杉の背中に向かって怜子は言った。

「大丈夫です。10分で老けてみせます！」


鏡に映る自分の顔に、怜子は満足そうに頷《うなず》いた。

〈あんたは、四十八歳の雑誌記者。子持ちのシングルマザー〉

髪はひとつに結わえ、生え際にパールのアイシャドウで白髪を作った。

ファンデーションは少し厚めに塗り、ベージュのアイシャドウで法令線やシミを作り、目の下にも皮膚のたるみに見えるように影を作った。

これで声のトーンを下げれば、絶対にバレないはずだ。

ロビーで待っていた若杉が、その姿を見て目を丸くした。

「さすが……噂だけのことはあるな」

どういう噂かは聞くまでもない。

「とりあえず、これを渡してくれ」

若杉が一枚の小さな紙切れを差し出した。

そこには、《月刊ウーマン・ウーマン　編集　若杉洋子》という印刷文字があった。

秘書課に向かうエレベーターの中で、怜子は取材内容を必死で考えた。

咄嗟《とっさ》の判断は、不得意な方だ。大方は怜子が願った逆の結論に至ることが多い。

エレベーターを下り、大きく深呼吸をした。〈なるようになる！〉

秘書課の扉を開けると、受付では事前に若杉が連絡を入れていたらしく、すぐに面談室に案内された。

当然同行すると思っていた若杉は、受付のところで怜子に頷き、何も言わずに戻って行った。

変装は最強の武器。

今日は、その言葉を思い出すまでに時間がかかった。

面談室で数分待たされ、やがて課長が顔を出した。

すっきりした体に濃紺のスーツが似合う、洗練された中年女性だ。

〈五十前？……ということは、同世代を演じなければならないのか〉

緊張のため か呼吸が浅くなる。

けれど、彼女は怜子の差し出した名刺をチラリと眺めただけで、訝《いぶか》る様子はなく、和やかな笑顔を崩さなかった。

速攻で考えた、経歴や習慣、趣味についてのありきたりの質問を終え、メモも取り終えると、怜子は何気ない言い方で質問をした。

「社長さんの秘書の人事には、課長さんとして厳しい判断基準がお有りだと思いますが、一番ご苦労されることはそういうことでしょうか？」

課長は少し考え、「基本的な基準はもちろんですが、社長の希望を一番に考えなければならないので……」

そう言って、唇の端に複雑な笑いを浮かべた。

「容姿も……という意味ですか？」

「そうですね。会議は勿論《もちろん》ですが、商談や各界のパーティーにも同席しますし、会社の顔の一部ですからね」

頭の良い女だと思った。

自分の立場を弁《わきま》え、その路線を踏み外さない。

「最近では男性の秘書にも優秀な者がいますので人選に困ることはありませんし、社長を初め、役員たちの要望に困ることはありません」

怜子は頷きながら、素早く頭の中で言葉を探した。

「社長さんは、確か四代目でいらっしゃいますよね、ご兄弟がいらっしゃるとお聞きしたのですが、他の方もこちらの取締役とかですか？」

一気に言ってからドッと汗をかく。声も思わず上ずってしまった。

幸い課長はそれには気付かず、すました顔で言った。

「はい。妹さんは同列会社の代表です」

「次男の方は？」

僅《わず》かに間があったが、すぐに顔を上げて答えた。

「ええ。取締役です。一応、専務の位置ですが、肩書きには縛られたくないということらしいです」

「実際にお仕事はされているわけではないんですか？」

課長は少しだけ怪訝《けげん》な顔をしたが、すぐにきりりとした表情に戻した。

「いいえ……これから新設される海外班の準備で忙しくしていらっしゃいますよ」

秘書課を後にし、怜子はロビーに下りた。

全身に湧き出ていた汗が不愉快だったが、一仕事終えた安堵《あんど》感に包まれた。

喫煙所の前で待っていた若杉が駆け寄って来る。

「君、完璧《かんぺき》にオバさんに見えるぞ。バレなかっただろ？」

複雑な気持ちで頷いた時、正面玄関から数人のスーツ姿の男たちが賑《にぎ》やかに入ってくるのが見えた。

男たちは、警備員と談笑しながらエレベーターの前で足を止めた。

違和感は、その時すでに感じていたのかもしれない。

その真ん中あたりにいる男に、怜子は見入った。

その男だけ、他の地味なスーツ姿とは違い、場違いにも見える青いチェックのソフトスーツだったからかもしれない。

冬場の夕方だというのにサングラスをかけている。

「誰ですか？　あの真ん中の派手な人……」

エレベーターが着き、男たちの前の扉が開いた。

「さあ、総務部には顔を出したことないと思う……系列会社のヤツらじゃないかな」

若杉は首を傾げ、「で、次男坊のことは何か分かったか？」と訊《き》いた。

その瞬間、怜子の身体は何かに弾《はじ》かれたように動き、エレベーターの閉まりかけたドアの中に走り込んだ。

足を止めた途端、我に返った。

両サイドと背後の男たちが、呆気《あっけ》に取られているのが分かった。

その中の誰かがようやく声を出した。「何階？」

「あ……ご、五階でお願いします」

ようやく声を出すと、背後にいた男が少し笑った。

「秘書課？　課長に言っておいてくれないか。新人雇うなら二十五歳までってさ……でも、君、身体だけは若く見えるな。身体だけはさ」

遠慮がちな笑い声が上がった。「専務、それはちょっと……」

専務……？

数秒前に感じた違和感の正体を確かめたかった。

振り向きたい思いを、怜子はぐっと堪《こら》える。

「その専務っての、やめろよ。ダセーじゃん」

背後で声を立てる男は、あの青いチェックのスーツの男に違いないと思った。

五階でエレベーターを下りた怜子の背後でドアが閉まると、近くに立っていた女子社員が怜子に声をかけた。

「何か言われたでしょ、アイツらに」

秘書課の事務員らしく、自分のことのように頬を膨らませていた。

「しばらく出張してて静かだったのに、また空気が汚れてきたわ。エレベーターで一緒になると必ずセクハラするんだから！」

「出張してたんですか？」

「海外班のヤツらよ。仕事なんて言って、本当はタイに遊びに行ってたに決まってるわ」

タイ……？

ああ、やだやだ……と、女子社員は身震いする真似をして苦笑いをし、ふと、怜子の顔に目を留めた。「あなた……どうしたの？　顔色が変なんだけど」
　トイレに駆け込むと、茶色のシャドウが顔全体に馴染《なじ》みすぎ、首から上が不自然に黒
ずんでいた。
《……松倉道彦に間違いないです。タイに出張していたらしく、野上の出張と何か関係
があるかもしれません》

　横沢にメールを入れ、同じものを大庭にも送った。
　すぐに横沢からは《了解》と返信があったが、大庭からは電話もなかった。
　もし、怜子の推測が当たっているとしたら、とうに大庭は野上と対面を果たしている
可能性があった。
　先刻確認した松倉が、野上と同行していたかは分からない。同便で帰国したわけでは
なく、単なる偶然かもしれなかった。
　できれば、松倉に直接問いただしたかったが、それはあまりにも危険過ぎた。
　若杉にも危険が及ぶことが考えられた。
　数分前ロビーに下りた時、若杉の姿はもう無かった。
　若杉には自分の仕事がある。いくら浦山や横沢からの依頼だとしても、これ以上の協
力は不可能だと判断したのだろうと思った。

若杉に謝罪と礼を伝えてくれるように横沢に再びメールを打ち始めた時、着信音が聞こえ、着信に切り替わったスマホの画面に、〈大庭〉の文字があった。

けれど、聞こえてきた声は、大庭のものではなかった。

捜査 Ⅷ

また咄嗟《とっさ》の選択を誤ってしまった。

夕方の首都高は案の定混んでいて、大森の明和《めいわ》大学病院までタクシーで40分近くかかってしまった。

先刻の電話は大庭からの着信にも拘《かか》わらず、スマホから聞こえてきたのは若い男の声だった。

その瞬間、嫌な予感がした。

『比留間さんですか？　こちら、羽田空港南警察署の者ですが……』

続いた言葉に、怜子は思わず叫びそうになった。

嫌な予感は、滅多に外れることはない。

外科のＩＣＵの前の通路に、すでに原田と一人の警察官の姿があった。

「大庭さんは……!?」

「外因性くも膜下出血だそうです。手術はうまくいったそうですけど……」

原田が不安そうな顔でガラス張りの窓の奥を見遣《みや》った。「今のところ命に別状はないらしいですけど、意識がまだ戻りません」

いつになく、原田は丁寧な話し方をする。

集中治療室内のベッドに、酸素吸入の装置をつけた大庭の姿が見えた。

「どうして……？　外因性って、どういうこと？」

原田の隣にいた制服姿の警官が答えた。

「大庭さんは、羽田空港近くにある南海浜《みなみかいひん》公園の階段下に倒れていたんです」

犬を連れてドッグランに来ていた夫婦が、駐車場に上がる階段の下に倒れている大庭を発見したのだという。

大庭は、野上が今日の夕方にタイから帰国する情報を得て、野上に接触するために羽田に向かうと言っていた。

「野上とは接触できたのかしら……」

海外から羽田に到着する便は、国際線の第3ターミナルを使用する。

当然帰国者もターミナルを通り、それぞれの交通機関を利用して帰路に就くはずだが、野上の場合は衆議院事務局の公用車だと考えるのが自然だ。

「野上は羽田着15時の便に乗っていたのは確かです。乗客員名簿を係長が確認しています」

「大庭さんが発見されたのは何時頃？」

また警察官がそれに答えた。

「17時20分です。所持品のリュックにあった免許証から身元が判明しました」

「大庭さんのスマホから、僕にも連絡が入って……一体何があったんすかね」

「これは事件なの？」肝心なことを怜子は訊いた。

「通報した夫婦が、駐車場の車に逃げるように走り込んで行く男の姿を目撃していて、その黒い車は、すぐに急発進して駐車場を出て行ったそうです」

ただですね……警察官は、手元のスマホを眺めながら事務的な口調で続けた。

「夕方で閉園時間も近付いてましたから、同じような車がたくさん見られたそうで、特に問題視する必要はないということです」

「つまり……単なる事故？」

丸顔の若い警官は、顔を上げてきっぱりと言った。

「はい。うちの署長からそのように処理するようにと……」

またか……。

険しくなった怜子の顔色に気付き、原田が通路のソファに誘《いざな》った。

「係長に、空港と公園管理事務所に防犯カメラの映像提出を依頼しました。大庭さんが野上と接触したかどうか、それに、階段から転落する様子とかは、きっとすぐに……」

「事故で処理されたんだもの。そんなもの無理に決まってるじゃない。今までもそうだったから、こんなに苦労してんじゃない！　分かってないわね、君」

怜子が吐き捨てるように言うと、原田がギョッと身を引いた。

「センパイ、何だか今日は怖いっす……顔もめっちゃ怖いけど」

その時、茶色のシャドウで「老けメイク」をしていたことを改めて思い出したが、鏡で確認する勇気はなかった。

「俺、大庭さんの妹に電話してきます。身内はスマホに登録されていた妹さんだけらしいすが、何度かけても通じないんすよ」

立ち上がった原田の足下に、何かが転げ落ちた。

あれ……？

拾い上げた小さな物に、怜子の心臓が跳ねた。

「あ、これ……大庭さんが発見された時、右手に握られていたんですって。バッジですかね？」

やはり、大庭は野上と接触していたに違いないと怜子は思った。

あれから横沢に呼び戻された怜子は、久しぶりに深夜の本部庁舎にいた。

横沢は、羽田空港の国際便到着ロビーにある防犯カメラの映像を入手していた。

「今、下で解析してるわ。その大庭元刑事と野上が会っていた証拠が映っているかもしれないわ」

「どうやって手に入れたんですか？　羽田の所轄では事故で処理されたみたいですよ」

驚く怜子に、横沢が出前のピザを齧《かじ》りながら一瞥《いちべつ》くれた。

「私を誰だと思ってんの？」

と、言いたいところだけど……と、横沢はピザを紙皿に戻した。

「タレコミがあったのよ」

横沢は、指に付いたソースをひと舐《な》めした。

「電話を受けたのは三課の課長だったけど、野上は仕事の出張の度に覚醒剤《かくせい》や大麻を仕入れて売りさばいている疑いがあるらしいって……」

大庭の事件だけなら、一課も三課も動かない。けれど、違法薬物が関連しているとなれば、話は別だ。

「そんな……野上はそんな人じゃありません！」

「十年以上も会ってないのに、そんなこと分かるの？　人って変わるもんでしょ？」

とりあえず、事実確認が先よ、と、横沢が全《まっと》うなことを言った。

原田は病院に残り、遠方から駆けつけるはずの大庭の妹を待ちながら待機している。

「あんたも、今夜はもう帰っていいわよ」

「野上の事情聴取はしなくていいんですか？」

「もう、三課が動いているわよ。そろそろ野上のマンションに着くんじゃないかな」

横沢の声を背中に聞きながら、怜子はすでにドアの外に飛び出していた。

もちろん、野上の自宅のある青山三丁目に向かった。

深夜のせいか、タクシーは数分でそのマンション前に着いた。

エントランス近くに、見覚えのあるワゴンタイプの警察車輌《しゃりょう》が停まっていた。

タクシーを下りてエントランスに向かった時、中から捜査員らしき男三人が出てくるのが見えた。

声を掛けてきたのは、そのうちの一人の男だった。

「比留間刑事、野上はここにはいませんよ」

ワゴン車内で、男は警察手帳を提示した。「三課の近藤です」

その顔に覚えはなかったが、近藤は大庭から知らされる以前から、怜子の存在は知っている様子だった。

「野上は、羽田から帰ったはずですよね？」

怜子の問いに、近藤はタブレットを取り出した。

「横沢係長にも送っておきましたが……」

タブレット内の映像を静止させる。

「羽田の国際線到着ロビーです。赤いフレーム内が野上のようですが、覚えはありますか？」

動画は、混雑するロビーを俯瞰《ふかん》したもので、その野上と思われる男の周囲にも夥《おびただ》しい人間の姿がある。

怜子は瞬《まばた》きも忘れて見入ったが、野上の顔は思ったより不鮮明で、おまけにマスクをしていて表情も分からない。

「……背格好は似ていますが」

横沢に言われたとおり、十二年の歳月は長過ぎる。頭の中に貼り付いている面影は、十二年の歳月は長過ぎる。大きく変化をしていても当然なのだ。

近藤は頷《うなず》いて、動画を再生した。

まもなく人混みの中から大庭が現れ、野上に声を掛けた。野上も足を止めて言葉を交わす様子があり、少しして大庭と共に人混みに埋もれて行く。

「この後の映像は……？」

「二人が向かっているのは、おそらく地下駐車場だと思いますが、空港の駐車場の防犯カメラの映像は正式な令状がないと押収できません」

三課では、野上についてのタレコミの裏取り捜査をしている段階だという。

従来では、その結果を待ってからの三課の動きなのだが、近藤は独自に先手を打ったらしい。

「大庭さんが、あんな目に遭っていて、みすみす野上に逃げられでもしたら後悔してもしきれません」

近藤は、四年前の山科の事件を思い返すように唇を噛《か》んだ。

「野上が不在って……それ、母親の野上早苗が言ったんですよね？」

近藤は頷き、「いやあ、あの母親には驚きました」とため息を吐いた。

近藤たち捜査員三人が野上の部屋のインターホンを押すと、早苗はすぐに応対し、サロン内に招き入れたという。

野上への嫌疑内容を伝えると、早苗は高らかな笑い声を上げた。

『うちの息子が、そんな下世話な事件に関係しているはずがありませんよ。家捜しでも何でもお好きにどうぞ。令状をお持ちならね！』

と、奥の自宅に通ずるドアを指し示した。

『とにかく、息子は一度ここに戻りましたけれど、仕事が残っているとかで、都内のどこかのホテルに籠《こも》るという話でしたよ』

その時の早苗には少しの動揺も見られなかったという。

「……あれは嘘ですね。私の勘では、あの母親は野上の居場所を知っていると思います」

怜子も近藤の言うとおりに違いないと思った。

「大庭さんが見つかった公園から急発進して行った車の持ち主は見つけられないでしょうか？」

「所轄から管理会社に、防犯カメラの回収許可を取り付けているところらしいです」

あ……と、怜子はある事に気付いた。

早苗は、ある余計な情報を口走っていた……。

「母親は、野上は一度ここに戻ったと言ったんですね？」

「ええ、あんな事件を起こした後に荷物でも置きに帰ったのだったら、相当神経の太いヤツですね」

そうではない……。

明日《あした》は早苗の誕生日だ。

もし野上が一連の事件に関わりがあったにせよ、それなら尚《なお》の事、あの母親に顔を見せずに行方を晦《くら》ますことなどできないのではないか。

野上は、神経が太いのではなく、むしろその逆だということを、怜子は知っている。

「ここのコンシェルジュは、確か二十四時間対応でしたよね……」

考え込む怜子に、近藤が怪訝《けげん》な目を向けた。


『この映像、よく入手できたわね』

ハンズフリーのスマホから、横沢の声が車内に響いていた。

横沢に送った映像は、少し前に怜子が回収した防犯カメラの映像だ。

「さすが、変装の名人だけありますね」と近藤は言ったが、今回は変装ではない。

別人になる必要はなく、むしろ警察手帳を提示しなければならなかった。

先日、原田は警察手帳を見せ、防犯カメラの設置状況の確認に来たとコンシェルジュに話したはずだった。

怜子は、警察のその後の調査で、地下駐車場に設置されている防犯カメラの位置には問題があるという結論が出たと伝え、過去一週間分の映像を提出させた。

コンシェルジュの責任者は管理会社の許可が必要だと拒んだが、マスコミにも漏れている可能性があるので早急に対処しなければマンションの価値に影響すると伝えると、すぐに上司が飛んで来た。

「係長、今日の16時44分の映像を見てください。黒いセダンが入ってくるのが見えますよね」

怜子も手元のタブレットに保存した映像を見つめていた。

暗めの駐車場内に、入り口方面から一台の黒いセダンがゆっくりと進入し、カメラから少し遠くのスペースに駐車するのが見える。

すると、運転席から一人の男が下り、後部座席のドアを開け、キャリーバッグと赤いバラの大きな花束を取り出しエレベーターに向かって行く。

『誰、この男……野上？』

「ええ。間違いないと思います」

横沢に映像を送る前に、数回確認した顔だ。

空港の映像より鮮明になったマスクの男の目元に、怜子は確信が持てた。

「その20分後の17時過ぎまで飛ばしてください……」

映像内の、刻々と変わる時刻表示を見送り、17時15分で静止させる。

エレベーター方向から先ほどのマスクの男が再び現れ、小走りに黒いセダンに戻って行く。何も荷物は持ってはいなかったが、服装は先刻よりラフなスタイルに変わっている。特に周囲を警戒する様子は見られなかったが、明らかに急《せ》いているように見えた。

『何だか急いでいるみたいね……それで、この映像をどうしろと？』

「この黒いセダンの行く先が知りたいんです。ナンバーから車輌は特定できるはずですから、Nシステムで追跡できますよね」

Nシステムとは、自動車ナンバー自動読取装置のことで、全国の国道や高速道路に設置されている。

『息子の出張後のことは知らないと言い通せば、わざわざこの映像を確認することはなかったのにね』

野上早苗が『息子は一度ここに戻りましたけれど……』と、うっかり口にしてしまうほど、あの母親にとって、息子の帰宅はよほど嬉《うれ》しかったに違いない。

「明日は、野上早苗の誕生日なんです」

『え……？　何それ』

横沢にも、もちろん近藤を初め周囲にいた二人の捜査員たちにも理解できなかっただろうが、怜子には、野上の気遣いも早苗の気持ちも、良く分かるような気がした。

捜査 IX

日付が変わってすでに一時間が過ぎた。

本庁の資料室内に、ソファに寝転んでいる横沢の寝息が響いている。

怜子も0時過ぎには、デスクに上体を預けて目を瞑《つぶ》ったが、とても眠れそうにはなかった。

大庭への暴行傷害と石崎殺害関与の重要参考人として、松倉道彦と野上正樹が指名手配されたのだ。

今から三時間ほど前の22時を回ってから、近藤たちと警察車輛《しゃりょう》で本庁に戻った怜子は、横沢と共に一課に出向いた。

一課の夜通しの捜査を可能にしたのは、横沢の一声だった。

帰宅寸前だった浦山を捕まえ、横沢が眉《まゆ》を吊《つ》り上げた。

『あんた、何のんびり帰ろうとしてるの！ 仕事はこれからよ』

先日から逆転していた力関係により、浦山は嫌な顔をしながらも反論することはなかった。

怜子は横沢に帰宅を命じられたが、そんな気分になれるはずがなかった。『だったら、せめてそのゾンビ顔、何とかしなさいよ』と、横沢に言われ、ようやく怜子は黒ずんだままだった自分の顔を思い出した。

シャワーを浴びて資料室に戻ると、横沢はすでに寝入っていた。

化粧を落とした素顔は、疲労のせいか、実年齢よりずっと上の歳に見える。

横沢も自分と同じように男運に恵まれない運命なのかと、怜子はつくづくとその寝顔を見つめた。

いつの間にか、少し寝入ったらしい。

一課の捜査員や鑑識課からは、まだ連絡がない。

野上は、どこに行こうとしていたのか――。

怜子の推理はこうだ。

〈野上は空港ロビーで大庭と出会い、駐車場から南海浜公園で、大庭の質問を受けた。

大庭は、石崎と松倉の間柄やマリの事件の関連を問いただした……。

その後、大庭を振り切り車に戻ろうと野上は階段を下りようとしたが、追いかけてきた大庭と言い合いになり、何らかの弾みで大庭が階段下に転げ落ちた。その際、摑《つか》んだ野上のコートからサロンのバッジをもぎ取った……？

その時はまだ大庭に意識があり、野上は尚《なお》も食い下がろうとする大庭から離れ、駐車場を後にした……。

その後大庭は、階段に頭部を打ち付けた際に起こしたくも膜下出血により意識不明となった……〉

「それって、ずいぶん野上にとっては都合が良過ぎるんじゃない？」

いきなりソファから上体を起こしながら、横沢が言った。

独り言のつもりが、横沢にも聞こえてしまっていたらしい。

「でも、仮に大庭さんを突き落としたのだったら、あんなに冷静な態度で帰宅できるでしょうか……しかも、花屋に寄ったりしてるんですよ」

「そういう人間もいるんじゃない？　それに、あのバラの花束だって、自分で買ったかどうかまだ分からない……母親の誕生日は今日じゃなくて、明日……ああ、もう今日か」

横沢は、壁の時計を見遣《みや》った。もうすぐ午前3時になろうとしている。

「とにかく、今日から身を隠すつもりで、昨日のうちに……って、こんな状況で誕生日もクソも……ったく、どんだけマザコンなのよ」

まともに耳に入れると反論したくなるから、怜子はスマホで弟の大輔にメールを入れた。

ほぼ一年ぶりくらいか——。午前2時半から3時頃は、大輔の帰宅時間だ。

《元気？しばらく会ってないけど、ママはどんな感じ？》
もう数日間里美の姿を見ていなかった。
ここ何日かは過食もせずにギリギリまで眠り、目覚めると身支度もそこそこに飛び出していた。
《あのペンギンは三日前からどっかに旅行中。オレは生きてるよ》
大輔らしく、スタンプも顔マークも見られない。
返信マークをタップして言葉を探した時、横沢のデスクの内線が大きな音を立てた。

午前4時。

一課の捜査員から電話が入ってすぐ、横沢は原田を呼び戻した。

病院のICU脇のベンチで寝ていたという原田は、目の下に隈《くま》を作って現れた。

大庭の容態は安定しているらしく、昼までには意識が戻るだろうということだった。

直ちに、その原田とともに警察車輌の青いセダンに乗り込んだ。

東名《とうめい》高速道路と国道のNシステムの解析で、野上の車が河口《かわぐち》湖周辺に向かったことが分かったのだ。

「河口湖のどの辺りか分かってるんすか？」

意外に慎重な運転をする原田が、前方を見たまま助手席の怜子に訊《き》いた。

「河口湖インターから下りて、一般道に出た途中までは追えている……山道に入ったのだとしたら難しいわね」

けれど、怜子は予感していた。

このルートは、大学受験に合格した記念にと、野上の運転でドライブをした覚えがあった。

〈きっと彼は、あの家に向かったはずだ〉

何の目的で向かったのか、その行動は、事件とどう関係しているのか……。

野上が四年前にマリを殺《あや》め、そのことを石崎や松倉に脅され、再捜査に現れた大庭にも手をかけ、自宅に警察の手が伸びていることを早苗に聞いた……？

〈ついに逃げ切れないと？　まさか、彼はそんなに単純ではないはずだわ〉

「え……？……センパイ、最近、独り言多いっすね」

笑う原田の声を聞いていると、今、自分の身に起きている現実が嘘のように感じられる。

だが、そもそもは、自分が拾い出した過去だ。

あの時、あの事件に興味を示さず事務仕事のひとつとして処理してしまえば、違った「今」があったに違いないのに……。

〈私ってば、選択ミスばっかり……〉

「でも、現場の仕事に復帰できたんですし、センパイの捜査で重要な情報もたくさん得られたじゃないすか」

「ん？……また、私、何か言ってた？」

怜子の呟《つぶや》きに、原田がまた呆《あき》れたような笑い声を立てた。


いつの間にか、寝入ったらしい。

眠ることは到底できないと思っていたが、身体は正直だ。

原田に起こされるまで、怜子は夢も見なかった。

国道を河口湖方面に走らせ、微《かす》かに覚えのある山道に入る。

「確か……もう少し先に三代《みつしろ》物産管理の別荘地があるはずよ」

進むほどに道の幅が狭くなり、雨もパラつき始めた。

「本当に間違いないんすか……？」

原田が心細そうな声を上げると、前方に別荘地の看板が見えてきた。

野上との最初で最後の遠出だったからか、自分が思っていたより、記憶は正確に残されていたらしい。

「この看板の先を……右に入って……」

かつて高級別荘地として華々しく売り出され、すぐに完売した一帯も、今は廃屋のように老朽化した別荘が多く見られ、冬のまっただ中では、人の姿も灯《あか》りも見られない。

けれど、怜子の朧《おぼろ》げな記憶は次々に形になって現れた。

名前を知らない大木の横……その少し先の右側に、ウッドデッキが広いログハウス……そこを過ぎて左にカーブを切ると、白い窓枠が美しい木造の平屋……。

「ここで停めて」

車が停まると、それが合図のように、雨の音が激しくなった。

怜子と同時に車外に出ようとする原田を制し、怜子は一人で雨の中に降り立った。

間違いはなかった。

この家の間取りは全て覚えていた。

玄関アプローチの両サイドに、あの時は赤い花が咲いていたような気がする。

長い間人の手が入っていないのか、今は冬枯れた雑草が雨に打たれている。

正面ドアに近付くにつれて、動悸《どうき》が早くなる。

この中に、野上がいるのだろうか……。

インターホンのボタンに指を近付けた時、背後で怜子を呼ぶ原田の声がした。

何故、この男はいつも人の呼吸を止めるようなタイミングで声を出すのか……。

振り向くと、雨の中に立った原田が庭先の駐車スペースを指している。

「車がないです！　留守じゃないすか？」

言われてみればその通りだ。

この別荘の玄関前は、車が優に三台は停められるスペースがあるが、今は一台も見られなかった。

　野上は黒のセダンでここに到着したはずだった。

　念のために、今度は迷わずインターホンを押してみる。

　応答は無く、サイドにある窓やテラスのガラス戸を覗《のぞ》いてみるが、厚手の遮光カーテンの中にも人の気配は無さそうだった。

「やっぱ、留守っすね」

　二人が車に身体を入れた途端、無線の緊急連絡が車内に鳴り響いた。

『霞ヶ関駅連続殺人事件の捜査員に告ぐ。ただ今、手配中の野上正樹の母親から一課長あてに入電あり。一連の犯行を認める供述をした。繰り返す……』

　怜子と原田はギョッと顔を見合わせ、原田がスマホを取り出した。

「……係長、どういうことっすか⁉」

　怜子は言葉が喉元《のどもと》で絡まり、容易に話すことはできそうになかった。

『どうもこうも……野上早苗が、ぜぇんぶワタシがやりましたって言ってきたんだって』

「早苗は、出頭したんですか？」ようやく怜子も声を出した。

『それが、その電話の後から行方が分からないみたい。息子の車と同じようにNシステムで追っかけてるみたいよ。二人は勿論《もちろん》連絡は取っているでしょうね。もしかしたら、そっちで合流するとか？』

　合流……？

何のために……?

その早苗の行動を、野上は知っているのか……?

様々な疑問とともに、恐怖にも似た不安が怜子を襲う。

「まさか……」

「ヤバ……親子心中とか、考えてたりして」と、原田が傍で言う。

雨の音が強まる。

怜子は一度大きく息を吐いた。

とにかく、野上の車の行方を捜すのが先決だ。付近のあらゆるNシステムの解析依頼を横沢に伝える。

野上がこの別荘に一度来たのは確かだと思った。

雨が入り込まない玄関ポーチが、怜子が足を入れる前から泥で汚れていたからだ。

『了解。でも、ここから先は一課と山梨県警の仕事よ。あんたたちはすぐに戻って来なさい』

そう事務的な口調で告げると、声音を変えた。『比留間はたった今から休暇を取りたいんだったら、好きにしてもいいけどね』

「僕も休暇取っていいですよね?」

原田の声が裏返った。

『あんたは戻って松倉の捜査に加わって。朝イチで自宅をガサするそうよ』

いきなり無線が切れ、再び車内に静寂が戻った。

「係長も、たいがいっすね……どうします、センパイ？」

「君は係長の言う通り戻った方がいいわ。私をとりあえず河口湖駅に送ってくれる？」

「河口湖駅……心当たりがあるんですか？　やっぱり僕も付き合いますよ」

原田のキラキラと光る目を見て、この男をこれ以上巻き込むことはできないな、と怜子は思った。

「私一人で十分よ。っていうか、一人の方が身軽で仕事がし易いのよ」と、笑って見せた。

何すか、それ……とムクれる原田は、それでも車をゆっくりと発進させた。

怜子が思い浮かべたその場所に、野上は必ずいるだろうと思った。

思ったより冷静さを失っていたことに気付いたのは、原田の車を見送った時だった。

見覚えのある河口湖駅に、まだ灯りはなかった。

『センパイ、この時間じゃ、まだ電車も動いてませんよ。マジでこの辺りでいいんですか？』

原田の言葉どおり、空は白々と明けてきたが、雨が弱まる様子はなかった。

薄靄《うすもや》の中に、一台のタクシーが停車しているのが見えた。

すぐに駆け寄り窓ガラスを叩《たた》いて運転手を起こし、警察手帳を提示した。

運転手の初老の男は露骨に迷惑そうな顔付きになったが、すぐにドアを開けた。

「西湖《さいこ》野鳥《やちょう》の森《もり》公園の辺りまでお願いします」

男は小さく返事をし、ゆっくりとした動作で車を発進させた。

雨とワイパーの音を聞き、身体を座席に沈めて目を閉じる。

『連れて行きたい場所があるんだ……』

その時の野上の声と顔も、瞬く間に蘇《よみがえ》る。

十四年前のあの日も、今朝のように小雨が降っていた。

あの時は今のような冬の季節ではなく、夏も間近な季節だったけれど。

そして、あの時はタクシーではなく、周遊バスの後部座席に並んで座った……。

無言でハンドルを操作していた初老の運転手が、ようやく口を開いた。

「誰かの捜索願でも出たんですか？」

まあ……と言葉を濁すと、運転手はようやく覚醒《かくせい》したのか、次第に饒舌《じょうぜつ》になった。

「これでも最近は昔よりは少なくなったんですよ。監視カメラもあちこちにありますし、警察も一日に何度かパトロールしてますから。でも、入ろうと思えばどこからでも入れちゃいますけどね」

自殺者の話だ。

タクシーが向かっているのは、青木《あおき》ヶ《が》原《はら》樹海に囲まれた森林公園だ。

樹海の散策が好きだった野上が、自ら道に迷うことは無い。けれど、同時にそれは、危険な区域も熟知しているということだ。

「あれ……何だ、あの車」

運転手の声に、顔を上げると、フロントガラスで踊るワイパーの先に、二台の車が道路脇に停車しているのが見えた。

黒いセダンと白いベンツだった。

・

『本当はね、ここは僕にとって日本で一番嫌いな場所なんだ』

野上は檜《ひのき》の大木を背に、僅《わず》かに見える灰色の雨空を見上げた。

あの時、自分はどんな顔で野上を見ていたのだろう。

『ここに、小学生の僕を連れてきて、母が言ったんだ……』

その後、野上は少し笑ったと思う。『安っぽいドラマみたいだろ？』と。

『ママと一緒に天国に行こうってさ……』

野上は恥ずかしそうに俯《うつむ》いて言った。

『六歳だって、その意味は分かるよ……』

野上は今、あの時と同じように、あの檜の下に立っているような気がした。

おそらく、早苗も一緒に違いない。

そこまでの道を覚えているはずもなく、闇雲に深い森へ分け入れば、戻る道を見失うことになる。

怜子はスマホで方角を確かめながら、散歩コースの遊歩道から左奥へと分け入った。

あの時、それほど長い時間歩いた覚えはなかった。

陽の方向と時刻だけは思い出せる。

十四年以上の時が経っている。

樹木の様子も変わっていて当然だが、彷徨《さまよ》うほどの距離でもなかったはずだった。

『あの時、母は賭《か》けに出たんだと思う』

『どっちでも良かったんじゃないかな。死んでも、生き残っても』

結局、遊歩道ですれ違ったハイカーの通報で、野上親子は地元の消防隊員に助けられたと言った。

『あの時から、僕が見放したら、母はいつか勝手に死んじゃうんじゃないかと怖かった』

野上の声は淡々としていて、悲愴《ひそう》感はまるでなかった。

今なら、その心の内が良く分かる。

怜子が里美を見捨てられないのと、おそらく同じ感情だ。

雨で湿ったせいか、森が匂っている。

小枝を踏む自分の足音の他に音は無く、小鳥の囀《さえず》りも聞こえない。

大小の倒木を越え、息を整える。

再び足を運び出した時だ。
何かが聞こえた――。

日記 VI

また、彼の母親がやってきた。
今日は気味が悪いほど優しいことを言ってきた。
あの男のことや他の男たちとのことは彼には内緒にしてあげる、と。
その代わり、彼とは絶対に結婚しないでくれ、と。
そんなことは考えてもいないと言ったら、安心した顔になって自分話をし始めた。
普通の世間話のように、好きな映画や歌手のこと。
どんなに老けても、白は顔を明るく見せるから、洋服は白が多いとか。
彼の父親と離婚したのは、仕事が辞められなかったことが原因とか。
彼が小さい頃に、多額の負債を抱えてしまい、親子心中をしようとしたこととか。
これほど嫌っていた私に、こんな弱みを漏らすなんて、何か企《たくら》んでいるのかな。
それとも、このオバさんも、本当は寂しい人なのかな、なんて思った。
少しだけ、あの母親の気持ちも理解できたような気がした。
けれど、最後にこう言った。

このマンションを出て、二度と彼と関わりを持たずにいてくれるなら、十分な資金を提供すると。

そして、私の相手に相応《ふさわ》しいのは、あの男、Mだと言った。

週末に飼い犬のように忠実にやってくるM。

やっぱり、このオバさんは分かっていない。

そんなに息子が大事なら、籠《かご》にでも入れておいて外に出さなければいいのだ。

あの母親はまだ分からないのだ。

あんな母親だから、彼は私に惹《ひ》かれたのだということを。

ああ、頭が痛む。

クスリをやりたいけれど、我慢しなくちゃ。

Mは明日来るかな。

Mはこの日記を怖《おそ》れている。

Mとあのバンドの仲間は、学生時代からヤク中だ。

まして、Mはずっと覚醒《かくせい》剤の売買をしていて、そのことを私が記録しているのではと疑っているからだ。

そんな面倒臭いことはしないけど、いつか、このことで私はMに殺されるかもしれない。

そうなる前に、この日記は誰かに預けなくちゃ。

一番遠く、安全なところに。
いろいろ考えたけれど、やっぱりあの子しかいない。
もう八年も前だし、まだそこにいるかどうか分からないけれど。
読まずに捨てられてしまうかもしれないけれど。
私が死ぬようなことがあったら、この日記を彼に渡して欲しい。
Mの名前は、松倉道彦。
彼が松倉に殺されませんように。

捜査　X

周囲の雑草や落葉樹のせいか、その檜《ひのき》の姿は怜子の記憶とは少し異なった。

思ったより太い幹の根元で、男が踞《うずくま》っていた。

その傍らに、首にロープを巻き赤い花束を抱いた、白いコートの女が横たわっていた。

先刻聞こえたのは、その男の叫び声だったのか……。

怜子はすぐには近付けなかった。

足が竦《すく》んでいたわけではなかったけれど、しばらくその光景を見ていたいような気持ちになった。

野上が怜子に気付き、顔を上げた。

その虚《うつ》ろな目が、すぐに大きく見開かれた。

驚いた顔のまま、野上は差し込む白い光の中にゆっくりと立ち上がった。

怜子の鼻の奥が痛くなってくる。

「オジさん、いくらくれんの？」

思いがけない言葉が口をついて出た。

役は家出娘の女子高生A。

「……そういうんじゃないんだ。俺は娘を捜しているんだ」

セリフの練習相手は、主人公である父親役の野上。

「へえ……大変ね」

「君も、こんな所で遊んでいないで、ちゃんと家に帰れよ」

脚本に書いてあったト書きどおりに、野上は懐から財布を出す仕草をした。

「ふざけんな！」

あの時の練習より、きっと上手《うま》く叫んだはずだ。

それから、怜子はゆっくりと警察手帳を差し出した。

いつの間にか雨は止み、空が明るくなっている。

遠くの方から、怜子を呼ぶ声と、小枝を乱暴に踏む無数の音が近付いて来た。

＊＊

あの日からもうひと月近くが過ぎていた。

怜子の今日のノルマは、8件の捜査資料のデータ化だ。

午前中に3件済ませたから、終業時間までに残り5件だ。

「いやあ、ホント最近は自殺するのも難しい世の中なんすね」

指を止めると、また二人の会話が耳に入ってくる。

「何、年寄りみたいなこと言ってんの？　何か面白い事案でも見つけた？」

「係長、もう、そういう不謹慎なこと言うのやめましょうよ」

原田がチラリと怜子を見た。

「いいのよ、比留間に気を遣わなくても。この人は、そんなヤワな神経の持ち主じゃないわよ」

怜子は仕方なく曖昧《あいまい》に笑って見せた。

野上早苗は首を吊り、自殺。野上自身は松倉道彦の覚醒剤密売使用を知りながら通報の義務を怠った罪に問われている。

現在は体調悪化で警察病院に入院中だと知らされていた。

「センパイ、野上にあれから会ってないんすか？」

会うつもりはない。

会えば、もっとたくさんのことを思い出してしまう。

幸せな思い出として忘れ去っていることも、思い出してしまえば切なくなるばかりだから。

あの時間を無駄だったとは思いたくはない。それはきっと野上も同じだろうと思った。

いつか、ずっと今より年老いて会う事があったなら、今よりも優しい気持ちで相手を見つめられるに違いない。

「しっかし、ホント良かったす。スマホの位置情報が届かなかったら、センパイの居場所だって分かんなくて、もしかしたら遭難してたかもしれないじゃないすか……いや、マジで」

あの雨の朝、野上親子の車の傍でタクシーを下りた時に、怜子はスマホの着信音に気付いたが、構わず樹海へ足を向けた。

不在着信やメールの返信がなければ、怜子の捜索開始という打合わせは原田としてあったが、不安がなかったわけではない。樹海の中で確実にスマホが機能する保証はなかったからだ。

「これ、追加で明日までにお願いね」

横沢が怜子のデスクに一冊のファイルをポンと置いた。

表紙には《港区モデル放火殺人事件・霞ケ関駅連続殺人事件関連　松倉道彦　供述調書1》とある。


《松倉道彦・三十六歳。株式会社松倉組　元役員。

――武藤麻理子（別名　村雨マリ）殺害について。

私は、四年前の七月二十日21時30分頃、大学生時代からの知人である武藤麻理子・当時三十歳（以下、マリ）の自宅に於《お》いて、マリの胸を登山ナイフで刺し、その後、強盗目的の犯行に見せかけるために部屋を荒らし、テーブルクロスに火を点《つ》けました。スプリンクラーが故障中だと知っていたからです。

その情報を私に伝え、武藤麻理子の殺害に協力したのは、野上早苗です。

私は、マリから覚醒剤の売買の事実を警察に通報すると脅迫されていました。

そして、次第に精神を病んで行くマリを疎んでいました。

その一年ほど前から、マリは覚醒剤の使用を断っていましたが、その頃からますます精神が不安定になっていました。

仕事の依頼もほとんどなくなり、引きこもり状態になっていました。

私は週末には必ずマリの部屋に行きました。その頃は、携帯電話にも出ないようになっていたので、安否確認のためもありましたが、純粋にマリが心配だったからです。

しかし、このままでは、私もいつかは破滅させられると思いました。

野上早苗は、息子の正樹にストーカー行為を続けて同じマンションにまで越して来たマリに消えて欲しかったのです。

ある夜、マリの部屋から出ていくと、エレベーターの前で早苗が私を待ち伏せしていました。

私たちの利害が一致した夜です。

決行は、野上が出張で不在だった夜を選びました。

私は、泥酔して眠っているマリの胸を刺しました。

そして、マリが書いていた日記を捜しました。

あの日記には、私と覚醒剤の関係が細かく書いてあると、マリが言っていたからです。

けれど、どこを捜しても見つかりませんでした。

全て燃えてしまえばいい。そう思い、火を放ちました。

それからすぐに、非常階段から五階の早苗の部屋に身を隠し、夜が明けるのを待ちました。

朝になって、出勤する住人たちに紛れてマンションを出たのです。

マリを刺した時の感触はもう覚えてはいません。きっと思い出したくないからだと思います。

けれど、テーブルクロスが燃え上がる瞬間は、今でもはっきりと覚えています。


——薬物使用と武藤麻理子について。

私は学生時代から大麻、ＭＤＭＡなどの合成麻薬を使用していました。

覚醒剤《かくせいざい》は、当時のバンド仲間だった、石崎浩輔の弟から買ったのが始まりです。

大学卒業時にバンドは解散していましたが、二年後に短期間でしたが再結成しました。

切っ掛けは、当時野上正樹と交際していたマリのイベントでした。

メンバーは、私、野上、石崎、そして、当時、音楽事務所のディレクターだった山科智己の四人です。

それぞれ社会人にはなっていましたが、私同様、毎日が思ったように楽しくはなさそうで、それぞれが鬱屈《うっくつ》していたように思いました。

マリや他の三人に大麻を勧めたのは私です。

野上を除く三人はすぐに大麻の虜《とりこ》になり、間もなく覚醒剤を使用し始めました。

入手ルートは、石崎の弟の他にクラブで知り合いになった外国人など、複数の売人たちです。

野上正樹は、いくら誘っても乗ってはきませんでした。

当時、製薬会社に勤務していた野上は、将来は政治家になろうと計画していたからだと思います。ですが、それはおそらく、野上本人ではなく、母親の早苗の希望だったのだと思います。

マリも、野上に薬物使用を勧めたことはないと言っていました。

私とマリが交際を始めたのは、マリが野上と同じマンションに部屋を借りた時です。

マリは、条件付きで、私の契約愛人になったのです。

当時、マリは落ち目のモデルでした。本人は年齢のせいにしていましたが、おそらく、あの性格が災いしたのだと思います。

それが大麻や覚醒剤のせいなのかは分かりませんが、いきなり鬱《うつ》になったり、逆に極度にハイテンションになり奇声を上げることもありました。

マリの部屋の契約には、山科の名義を借りましたが、家賃は私の口座からの引き落としにしていました。

家賃を払い続けることと、大麻や覚醒剤を分け与えること、野上に私との関係は内緒にすること。

今思えば、何故あんな悪条件を飲んでまでマリと関係を続けたかったのか、自分でも不思議です。

何故殺しに至ったのかという質問は、私よりも野上早苗に聞いた方が分かり易いと思いますが、私が知る限りでは、野上早苗もマリに脅迫されていたのだと思います。

——山科智己殺害について。

山科に、マリ殺害の嫌疑がかかるよう、私は当時一課に出向していた石崎浩輔に連絡し、石崎は匿名電話で山科の情報をリークしました。

それが裏付けなしに山科を容疑者に仕立て上げることができたのは、私の父が警視庁で繋《つな》がりのある人物に圧力をかけたからだと思います。

翌日、石崎は所轄署の刑事や一課の捜査官一人とともに山科宅を訪れ、逃亡しようとした山科を取り押さえるふりをして、その足を持ち上げ転落させたと言っていました。

――石崎殺害について
私は、以前から石崎に覚醒剤使用と売買について脅迫されていました。

石崎が警察キャリアになれたのも、私の父親の口添えと推薦があったからです。

父親も薄々私の行動に気付いていていたと思います。

理由も聞かずに、便宜を図ってくれました。

山科殺害を暗に石崎に依頼したことで、それから石崎からはたくさんのことを要求されました。

ひとつは、二千万円の現金。もうひとつは、更なる上のポストです。

私は一生、この石崎の下僕にされるのだと思い、石崎を消すことを決意しました。

殺害を依頼したのは、クラブで知り合った半グレの一人です。

名前も本名かどうかは知りませんでした。

その半グレが石崎を確実に始末してくれるかどうか不安でした。前金で一千万支払っていました。残りの一千万は石崎殺害後に渡す約束でした。

それが未払いの時は、石崎殺害の依頼主は私だと通報すると言いました。

私が依頼をした時のクラブでの会話は録音されていたようです。

この男も、石崎同様、私を一生食い物にすることは明らかでした。

私は、ある仕事上の知人に相談しました。

その知人は、石崎を殺害した半グレの男を無償で消してくれました。

知人の名前は言えません。

——大庭健一への傷害致傷について
大庭健一のことは、実はよく知りませんでした。

山科の件で責任を取らされた元刑事であることは後に石崎に聞きましたが、もちろん面識もありませんでした。

野上がタイに出張することになり、私は野上に同行しましたが、それも父親の命令です。目的は、衆議院議員事務局長や現地邦人団体職員たちとの顔つなぎでした。

松倉組現社長の兄は末期ガンに冒されていて、近々退任の予定です。

私を次期社長にしなければ、松倉の名は組織から消えてしまいます。

けれど、それは私の意思ではありません。

結局私は、同行した知人や部下たちとゴルフ三昧《ざんまい》の日々でした。

帰国時は、野上のスケジュールに合わせました。

最近、私には、父親の監視役がいつも張り付いていました。社長交代までトラブルを起こさせたくなかったのだと思います。

空港の地下駐車場で、野上と大庭が言い争っているのを見ました。

何を言っていたのかは分かりませんでしたが、通りすがりに、村雨マリの名前が聞こえました。

私は、知人の一人に大庭を取り押さえるように言いました。

知人と部下は、大庭を野上から引き離し、後頭部を何かで殴りました。

野上は呆然《ぼうぜん》と立ち尽くしていました。私に気付いたかどうかは分かりません。

そのまま、私の車に大庭を引きずり込み、駐車場を後にしました。

その事を、父親に飼われていた監視役が目撃していたかどうかは不明です。

野上のその後の行動は知りません。自分の車で自宅に向かったのだと思いました。

南海浜公園の駐車場で、昏倒《こんとう》した大庭を階段から突き落としたのは知人と部下です。

車に戻った二人は、私に向けて三本の指を立てました。


結局私は、いつも誰かに脅迫される一生を送るのだと、その時に気付きました。

もちろん、私もマリとのことで野上を脅迫し続けてきたのですから、野上は私との関係を切る事はできなかったわけです。

私もいつか、野上早苗か野上本人に始末されるのかもしれないと思ったこともありました。

野上早苗が自白をして樹海で自殺をしたことは驚きでした。

私には母はいませんから、あのような行動も、野上親子の関係も理解することはできません……》

「大庭さんの退院はいつだった？」

「リハビリ病院に転院だそうですよ。でも、後遺症もなくて良かったあ」

半分ほど入力し終えて一息吐くと、二人の声が再び耳に響いてくる。

大庭とは、あれから数回電話で話した。

『快復したら、俺、本気で私立探偵やろうかと思ってるんだ』

大庭の声は若者のように華やいでいた。

冗談のように言ったけれど、大庭は本気で考えているに違いないと、怜子は思った。

山科のアリバイを主張していた〔モナムール〕のママ、吉沢晴美にも事件の真相を報告した。『ほらね、あたしは嘘なんか言ってないって分かったでしょ？』と晴美は機嫌の良い声を出したが、『それより、隣のババアがまた……』と、長々と愚痴を聞かされることになった。

「でも、野上正樹は何で松倉の言いなりになって、タイ出張に同行を許したんすかね」

原田はキーを叩《たた》く指を止めずに横沢に話しかける。

「松倉に脅迫されていたからでしょうが。松倉はあの会長のジイさんに対抗して、何としてでも政界と顔つなぎがしたかったんだってさ……衆議院事務局に勤めて、将来は政治家を目指したかもしれない男が、いくら若気の至りとはいえ、ヤク中の上に殺人事件の被害者と深い関係だったことが知れたら……」

「アウトですよね……」

けれど、きっと母親の早苗にとっては、その方が元から望んでいた息子の姿だったのではないかと怜子は思った。

たとえ醜聞に塗《まみ》れても、自分と、自分の会社が息子を守る、と。

「しかし、下の課長や班長も思い切りましたね。松倉のガサで何も出てこなかったら、相当ヤバいことになりましたもんね」

松倉道彦の部屋からは、覚醒剤《かくせい》その物は見つからなかった。ただ、取引日時や相手の電話番号、金額のメモが、預金口座の数字の動きと一致しており、三課の取調官の連日の追及により、松倉の自供に至った。

「天下り先でも見つけたんじゃないの？」

皮肉っぽく笑った後で、そう言えば……と、横沢は怜子に顔を向けた。

「あんたと噂になってる二課のナントカさん、一課に異動するって知ってた？」

え……？

「噂……って、どういう？」

「あれ、違った？　比留間の情報源の一人じゃないの？」

ひやりとしたが、それ以上の深い意味はなさそうだ。

原田は素知らぬ顔でキーを叩いたままで、別のことを言った。

「でも……まだ、その村雨マリの日記が出てこないんすよね。それがあれば、確実に物証として認められるのに」

ま、僕にはもう関係がないですけど……と怜子を見た。

知っているはずがないのは分かっていたが、内心ドキッとした。

その手書きの日記は、おそらく二日後くらいに怜子の手元に届くはずだった。

あの時、山梨県警の捜査員が駆けつける前に、野上と最後に交わした会話を怜子はもちろん忘れてはいなかった。

『マリを……愛したのよね？』

『良く分からない。でも、確かに、惹《ひ》かれたんだと思う』

野上は怜子の首元に目を向けて、ようやく気が付いたようだった。

今年の冬もずっと巻いているチェックのマフラー。

『君は、あれからずっとアラスカにいると思っていたんだ。マリもそう思っていたと思う……君にいつか手紙を書くと言っていたんだ』

君にいつか手紙を書く……。

その夜、怜子は数年ぶりにアラスカのヨーコに電話をかけ、自分宛てに封書が届いていないかを尋ねた。

電話の向こうで、ヨーコは相変わらずの口調であっけらかんと答えた。

『フウショ？　ああ、何かあるよ。すごく前のことだよ。レイちゃんが残して行った本と一緒に送ろうと思ってて忘れてたよ……もう変な匂いするよ』

そう言って、ヨーコはガハガハと笑った。

⁂

スマホのアラームがけたたましい音を立てた。

久しぶりの実家の朝だ。

昨夜まで五日続けて中谷の部屋で過ごした。

中谷との関係はあれからも何も進展はないが、一連の事件の余韻を味わってしまいそうで、一人で過ごす夜が怖かった。

中谷も敢《あ》えて話題にすることはなかったが、ひとつだけ、怜子にとっては嬉《うれ》しい情報を与えてくれた。

『おまえさ……もしかしたら一課に異動なんじゃないかって噂があるぜ』

おまえ……？

少しムッとしたが、争っている場合ではなかった。

『どういうこと?』

もしかしたら、今回の捜査が評価されたとか……?

思わず腰を浮かしかける怜子を見て、中谷は鼻から息を吐いた。

『例のコスプレだよ』

はあ……?

『前回のコスプレ捜査を、一課長がえらくお気に入りだそうで、資料係に置いておくのは勿体《もったい》ないってさ』

そういうのは、セクハラとかモラハラにはならないのだろうか……。

〈ったく。どいつもこいつも〉

思い出すとまた腹が立つが、その話が本当だったら、また現場で捜査ができるのだ。

しかも、中谷と同じ課だ。

昨夜はまた大量の食品を買い込んできたが、萎《しぼ》んでしまったシュークリームを二つ口に入れただけで、何故か満足した。

シャワーもついゆっくりと浴び、気がついた時は予定の時間を30分もオーバーしていた。

〈ヤバ……!〉

今日の仕事はハードなものになるはずだ。

化粧もせずにタブレットや鞄《かばん》を抱えて飛び出した途端、大輔がフラリとキッチンに現れた。

　おう！　とお互いに片手を上げる。

　大輔の顔を見るのは何ヶ月ぶりだろう。

　靴に足先を入れた途端、背中に里美の声が飛んで来た。

「あんた、たまにはちゃんと帰ってきなさいよ……そんなんじゃ、ろくな結婚もできないじゃない……ったく、もう」

　ハイハイ、と適当な相槌《あいづち》だけは打ってやる。

　ドアが閉まる瞬間、お決まりのセリフが聞こえた。

「ゴミ、持ってって！」

　ふざけんな……。

　日常は飽き飽きするほど変化はないが、ひとつだけ嬉しいことがあった。

　アラスカから届いた荷物の中に、ヨーコからの手紙と一枚の写真があった。

　ヨーコの夫でフランス人のポールが乗る犬ぞりの写真だ。

　先頭を走る犬を矢印で指し、〔ジャンの息子〕とマーカーで書かれた英語の文字があった。

『いつでもまってる。はやくこい。すぐきて。うれしいから』

　手紙の下手な平仮名は、怜子が教えたものだ。

　相変わらずヨーコの日本語は変だ、と怜子は苦笑した。

エレベーターに向かいながら、鞄の中を再び確認する。
アラスカから届いたノートは二冊。
渡す時の、横沢と原田の顔を想像する。
夕べは何度も読み返し、少し笑って、少し泣いた。
時は何が変わろうと流れて行く。
予報通りの気温の中を、バス停まで走る。
靄《もや》のかかった白い空の下に、高層ビル群のシルエットが浮かんでいる。
その林立する灰色の姿は、怜子に一瞬だけ樹海とアラスカの木々を連想させた。
今日も空の広さは変わらない。
見上げる地上がどこであろうと。
靄の遥《はる》か向こうから、ジャンの遠吠《とおぼ》えが聞こえてきたような気がした。

本作品は、書き下ろしです。
本書はフィクションであり、登場する
人物・組織などすべて架空のものです。

コールド・ファイル

警視庁《けいしちょう》刑事部《けいじぶ》資料課《しりょうか》・比留間《ひるま》怜子《れいこ》

山邑《やまむら》 圭《けい》

令和3年 7月25日　初版発行
令和6年 12月10日　再版発行

発行者●山下直久

発行●株式会社KADOKAWA
〒102-8177　東京都千代田区富士見2-13-3
電話　0570-002-301（ナビダイヤル）

角川文庫 22744

印刷所●株式会社KADOKAWA
製本所●株式会社KADOKAWA

表紙画●和田三造

●お問い合わせ
https://www.kadokawa.co.jp/（「お問い合わせ」へお進みください）
※内容によっては、お答えできない場合があります。
※サポートは日本国内のみとさせていただきます。
※Japanese text only

ISBN 978-4-04-111531-2　C0193

角川文庫発刊に際して

角川源義

第二次世界大戦の敗北は、軍事力の敗北であった以上に、私たちの若い文化力の敗退であった。私たちの文化が戦争に対して如何に無力であり、単なるあだ花に過ぎなかったかを、私たちは身を以て体験し痛感した。西洋近代文化の摂取にとって、明治以後八十年の歳月は決して短かすぎたとは言えない。にもかかわらず、近代文化の伝統を確立し、自由な批判と柔軟な良識に富む文化層として自らを形成することに私たちは失敗して来た。そしてこれは、各層への文化の普及滲透を任務とする出版人の責任でもあった。

一九四五年以来、私たちは再び振出しに戻り、第一歩から踏み出すことを余儀なくされた。これは大きな不幸ではあるが、反面、これまでの混沌・未熟・歪曲の中にあった我が国の文化に秩序と確たる基礎を齎らすためには絶好の機会でもある。角川書店は、このような祖国の文化的危機にあたり、微力をも顧みず再建の礎石たるべき抱負と決意とをもって出発したが、ここに創立以来の念願を果すべく角川文庫を発刊する。これまで刊行されたあらゆる全集叢書文庫類の長所と短所とを検討し、古今東西の不朽の典籍を、良心的編集のもとに、廉価に、そして書架にふさわしい美本として、多くのひとびとに提供しようとする。しかし私たちは徒らに百科全書的な知識のジレッタントを作ることを目的とせず、あくまで祖国の文化に秩序と再建への道を示し、この文庫を角川書店の栄ある事業として、今後永久に継続発展せしめ、学芸と教養との殿堂として大成せんことを期したい。多くの読書子の愛情ある忠言と支持とによって、この希望と抱負とを完遂せしめられんことを願う。

一九四九年五月三日

角川文庫ベストセラー

刑事に向かない女　山邑　圭

採用試験を間違い、警察官となった椎名真帆は、交通課勤務の優秀さからまたしても意図せず刑事課に配属されてしまった。殺人事件を担当することになった真帆の、刑事としての第一歩がはじまるが……。

刑事に向かない女　違反捜査　山邑　圭

都内のマンションで女性の左耳だけが切り取られた絞殺死体が発見された。荻窪東署の椎名真帆は、この捜査でなぜか大森湾岸署の村田刑事と組まされることになる。村田にはなにか密命でもあるのか……。

刑事に向かない女　黙認捜査　山邑　圭

解体中のビルで若い男の首吊り死体が発見された。男は元警察官で、強制わいせつ致傷罪で服役し、出所したばかりだった。自殺かと思われたが、荻窪東署の刑事・椎名真帆は、他殺の匂いを感じていた。

軌跡　今野　敏

目黒の商店街付近で起きた難解な殺人事件に、大島刑事と湯島刑事、そして心理調査官の島崎が挑む。(「老婆心」より) 警察小説からアクション小説まで、文庫未収録作を厳選したオリジナル短編集。

熱波　今野　敏

内閣情報調査室の磯貝竜一は、米軍基地の全面撤去を前提にした都市計画が進む沖縄を訪れた。だがある日、磯貝は台湾マフィアに拉致されそうになる。政府と米軍をも巻き込む事態の行く末は？　長篇小説。

角川文庫ベストセラー

鬼龍　今野敏

鬼道衆の末裔として、秘密裏に依頼された「亡者祓い」を請け負う鬼龍浩一。企業で起きた不可解な事件の解決に乗り出すが……恐るべき敵の正体は？　長篇エンターテインメント。

陰陽　鬼龍光一シリーズ　今野敏

若い女性が都内各所で襲われ惨殺される事件が連続して発生。警視庁生活安全部の富野は、殺害現場で謎の男・鬼龍光一と出会う。祓師だという鬼龍に不審を抱く富野。だが、事件は常識では測れないものだった。

憑物　鬼龍光一シリーズ　今野敏

渋谷のクラブで、15人の男女が互いに殺し合う異常な事件が起きた。さらに、同様の事件が続発するが、その現場には必ず六芒星のマークが残されていた……警視庁の富野と祓師の鬼龍が再び事件に挑む。

豹変　鬼龍光一シリーズ　今野敏

世田谷の中学校で、3年生の佐田が同級生の石村を刺す事件が起きた。だが、取り調べで佐田は何かに取り憑かれたような言動をして警察署から忽然と消えてしまった——。異色コンビが活躍する長篇警察小説。

殺人ライセンス　今野敏

高校生が遭遇したオンラインゲーム「殺人ライセンス」。ゲームと同様の事件が現実でも起こった。被害者の名前も同じであり、高校生のキュウは、同級生の父で探偵の男とともに、事件を調べはじめる——。

角川文庫ベストセラー

捜査流儀
警視庁剣士
須藤靖貴

警視庁捜査一課の郷謙治は、刑事でありながら警視庁剣道の選ばれし剣士。池袋で発生した連続放火・殺人事件の捜査にあたる郷は、相棒の竹入とともに地を這う聞き込みを続けていた――。剣士の眼が捜査で光る！

偽装潜入
警視庁捜一刑事・郷謙治
須藤靖貴

池袋で資産家の中年男性が殺された。被害者は、自宅に現金を置き、隠す様子もなかったという。身内の犯行が推測されるなか、警視庁の郷警部は、キャリア警部の志塚とともに捜査を開始する。

警視庁潜入捜査官 イザヨイ
須藤靖貴

警察庁から出向し、警視庁に所属する志塚典子に、上層部から極秘の指令がくだった。それは、テレビ局内で起きた元警察官の殺人事件を捜査することだった。犯人は、警察内部にいるのか？ 新鋭による書き下ろし。

逸脱
捜査一課・澤村慶司
堂場瞬一

10年前の連続殺人事件を模倣した、新たな殺人事件。県警を嘲笑うかのような犯人の予想外の一手。県警捜査一課の澤村は、上司と激しく対立し孤立を深める中、単身犯人像に迫っていくが……。

天国の罠
堂場瞬一

ジャーナリストの広瀬隆二は、代議士の今井から娘の香奈の行方を捜してほしいと依頼される。彼女の足跡を追ううちに明らかになる男たちの影と、隠された真実とは。警察小説の旗手が描く、社会派サスペンス！

角川文庫ベストセラー

脳科学捜査官 真田夏希
イノセント・ブルー
鳴 神 響 一

神奈川県警初の心理職特別捜査官の真田夏希は、友人から紹介された相手と江の島でのデートに向かっていた。だが、そこは、殺人事件現場となっていた。そして、夏希も捜査に駆り出されることになるが……。

脳科学捜査官 真田夏希
イミテーション・ホワイト
鳴 神 響 一

神奈川県警初の心理職特別捜査官・真田夏希が招集された事件は、異様なものだった。会社員が殺害された後に、花火が打ち上げられたのだ。これは殺人予告なのか。夏希はSNSで被疑者と接触を試みるが――。

脳科学捜査官 真田夏希
クライシス・レッド
鳴 神 響 一

三浦半島の剱崎で、厚生労働省の官僚が銃弾で撃たれ殺された。心理職特別捜査官の真田夏希は、この捜査で根岸分室の上杉と組むように命じられる。上杉は、警察庁からきたエリートのはずだったが……。

脳科学捜査官 真田夏希
ドラスティック・イエロー
鳴 神 響 一

横浜の山下埠頭で爆破事件が起きた。捜査本部に招集された神奈川県警の心理職特別捜査官の真田夏希は、カジノ誘致に反対するという犯行声明に奇妙な違和感を感じていた――。書き下ろし警察小説。

脳科学捜査官 真田夏希
パッショネイト・オレンジ
鳴 神 響 一

鎌倉でテレビ局の敏腕アニメ・プロデューサーが殺された。犯人からの犯行声明は、彼が制作したアニメを批判するもので、どこか違和感が漂う。心理職特別捜査官の真田夏希は、捜査本部に招集されるが……。